莫问他乡与故乡

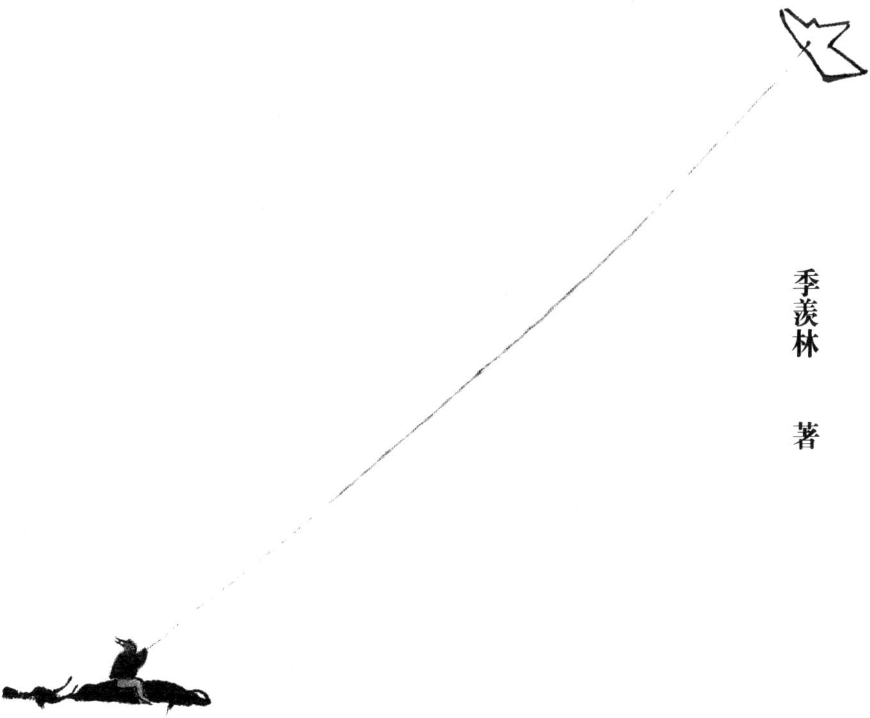

季羡林 著

海峡出版发行集团 | 鹭江出版社
THE STRAITS PUBLISHING & DISTRIBUTING GROUP | LUJIANG PUBLISHING HOUSE
2015年·厦门

图书在版编目（CIP）数据

莫问他乡与故乡 / 季羡林著 . —厦门：鹭江出版社，2015.12（2016.5 重印）

ISBN 978-7-5459-1030-8

Ⅰ. ①莫⋯ Ⅱ. ①季⋯ Ⅲ. ①散文集—中国—当代 Ⅳ. ① I267

中国版本图书馆 CIP 数据核字（2015）第 258785 号

MOWEN TAXIANG YU GUXIANG

莫问他乡与故乡

季羡林 著

出版发行： 海峡出版发行集团

鹭 江 出 版 社

地　　址： 厦门市湖明路 22 号　　**邮政编码：** 361004

印　　刷： 北京市松源印刷有限公司

地　　址： 北京市通州区漷县镇大柳树村北　　**邮政编码：** 101109

开　　本： 880mm × 1230mm　1/32

插　　页： 4

印　　张： 8.25

字　　数： 150 千字

版　　次： 2015 年 12 月第 1 版　2016 年 5 月第 4 次印刷

书　　号： ISBN 978-7-5459-1030-8

定　　价： 38.00 元

如有发现印装质量问题请寄承印厂调换

目录

第一辑 漂洋过海求真知

第❸辑 北京城的人和事

第三辑 风义平生师友间

第一辑

漂洋过海求真知

遥远的怀念

华东师范大学出版社编辑部出了一个绝妙的题目，实在是先得我心。我十分愉快地接受了写这篇文章的任务。

唐代的韩愈说：“古之学者必有师。师者，所以传道、授业、解惑也。”今之学者亦然。各行各业都必须有老师。“师傅领进门，修行在个人。”虽然修行要靠自己，没有领进门的师傅，也是不行的。

我这一生，在过去的六十多年中，曾有过很多领我进门的师傅。现在虽已年逾古稀，自己也早已成为“人之患”（“人之患，在患为人师”），但是我却越来越多地回忆起过去的老师来。感激之情，在内心深处油然而生。我今天的这一点点知识，有哪一样不归功于我的老师呢？从我上小学起，经过了初中、高中、大学，一直到出国留学，我那些老师的面影依次浮现到我眼前来，我仿佛又受了一次他们的教诲。

关于国内的一些老师，我曾断断续续地写过一些怀念的文章。我现在想选一位外国老师，这就是德国的瓦尔德施密特教授。

我于1934年从清华大学西洋文学系毕业，在故乡济南省立高中当了一年国文教员。1935年深秋，我到了德国，在哥廷根大学学习。从1936年春天起，我从瓦尔德施密特教授学习梵文和巴利文。我在清华大学读书时曾旁听过陈寅恪先生的“佛经翻译文学”课程，我当时就对梵文产生了兴趣。但那时在国内没有人开梵文课，只好画饼充饥，徒唤奈何。到了哥廷根以后，终于有了学习的机会，我简直如鱼得水，乐不可支。教授也似乎非常高兴。他当时年纪还很轻，看上去比他的实际年龄更年轻，他刚在哥廷根大学得到一个正教授的讲座。他是研究印度佛教史的专家，专门研究新疆出土的梵文贝叶经残卷。除了梵文和巴利文外，还懂汉文和藏文，对他的研究工作来说，这都是不可缺少的。我一个中国人为什么学习梵文和巴利文，他完全理解。因此，他从来也没有问过我学习的动机和理由。第一学期上梵文课时，班上只有三个学生：一个乡村牧师，一个历史系的学生，第三个就是我。梵文在德国也是冷门，三人成众，有三个学生，教授就似乎很满意了。

教授的教学方法是典型的德国式的。关于德国教外语的方法我曾在几篇文章里都谈到过，我口头对人“宣传”的次数就更多。我为什么对它如此地偏爱呢？理由很简单：它行之有效。我先讲一讲具体的情况。同其他外语课一样，第一年梵文课（正式名称是：为初学者开设的梵文课）每周两次，每次两小时。德国大学假期特长特多。每学期上课时间大约只有二十周，梵文上课时间共约八十小时，应该说是很少的。但是，我们第一学期就学完了全部梵文语法，还念了几百句练习。在世界上已知的语言中，梵文恐怕是语法变化最复杂、最烦琐，词汇量最大的语言。语法规律之细致、之别扭，哪一种语言也比不上。能在短短的八十个小时内学完全部语法，是很难想象的。这同德国的外语教学法是分不开的。

第一次上课时，教授领我们念了念字母。我顺便说一句，梵文字母也是非常啰唆的，绝对不像英文字母这样简明。无论如何，第一堂我觉得颇为舒服，没感到有多大的压力。我心里满以为就会这样舒服下去的。第二次上课就给了我当头一棒。教授对梵文非常复杂的连声规律根本不加讲解。教科书上的阳性名词变化规律他也不讲。一下子就读起书后面附上的练习来。这些练习都是一句句的话，是从印度梵文典籍中选出来的。梵文基本上是一种死文字，不像学习现代语言那样一开始先学习一些同生活有关的简单的句子，什么“我吃饭”“我睡觉”等等。梵文练习题里面的句子多少都脱离现代实际，理解起来颇不容易。教授要我读练习句子，字母有些还面生可疑，语法概念更是一点儿也没有。读得结结巴巴，译得莫名其妙，急得头上冒汗，心中发火。下了课以后，就拼命预习。一句只有五六个字的练习，要查连声，查语法，往往要做一两个小时。准备两小时的课，往往要用上一两天的时间。我自己觉得，个人的主观能动性真正被充分调动起来了。过了一段时间，自己也逐渐适应了这种学习方法。头上的汗越出越少了，心里的火越发越小了。我尝到了甜头。

除了梵文和巴利文以外，我在德国还学习了几种别的外语。教学方法都是这个样子。相传 19 世纪德国一位语言学家说过这样的话："拿学游泳来打个比方，我教外语就是把学生带到游泳池旁，一下子把他们推下水去。如果他们淹不死，游泳就学会了。"这只是一个比方，但是也可以看出其中的道理。虽然有点儿夸大，但道理不能说是没有的。这就是瓦尔德施密特教授留给我的第一个也是最深刻的一个印象。从那以后，一直到 1939 年第二次世界大战爆发，他被征从军为止，我每一学期都必选教授的课。我在课堂上（高年级的课叫作习弥那尔）读过印度古代的史诗、剧本，读过巴利文，解读过中国新疆出土的梵文贝叶经残卷。他对学生要求极为严格，梵文语法中那些古里古怪的规律都必须认真掌握，绝不允许有半点儿马虎和粗心大意，连一个字母他都不放过。学习近代语言，语法没有那样繁复，有时候用不着死记，只要多读一些书，慢慢地也就学通了。但是梵文却绝对不行。梵文语法规律有时候近似数学，必须细心地认真对付。教授在这一方面是十分认真的。后来我自己教学生了，我完全以教授为榜样，对学生要求严格。等到我的学生当上了老师的时候，他们也没有丢掉这一套谨严细致的教学方法。教授的教泽真可谓无远弗届，流到中国来，还流了几代。我也总算对得起我的老师了。

瓦尔德施密特教授的专门研究范围是新疆出土的梵文贝叶经。在这一方面，他是蜚声世界的权威。他的老师是德国的梵文大家吕德斯教授，也是以学风谨严著称的。教授的博士论文以及取得在大学授课资格的论文，都是关于新疆贝叶经的。这两本厚厚的大书，里面的材料异常丰富，处理材料的方式极端细致谨严。一张张的图表，一行行的统计数字，看上去令人眼花缭乱，头脑昏眩。我一向虽然不能算是一个马大哈，但是也从没有想到写科学研究论文竟然必须这样琐细。两部大书好几百页，竟然没有一个错字，连标点符号，还有那些稀奇古怪的特写字母或符号，也都是个个确实无误，这实在不能不令人感到吃惊。德国人一向以彻底性自诩，我的教授忠诚地保留了德国的优良传统。留给我的印象让我终生难忘，终生受用不尽。

但是给我教育最大的还是我写博士论文的过程。按德国规定，一个想获得博士学位的学生必须念三个系：一个主系和两个副系。我的主系是梵文和巴利文，两个副系是斯拉夫语文系和英国语文系。指导博士论文的教授，德国学生戏称之为“博士父亲”。怎样才能找到博士父亲呢？这要由教授和学生两个方面来决定。学生往往经过在几个大学中获得的实践经验，最后决定留在某一个大学跟某一个教授做博士论文。德国教授在大学里至高无上，他说了算，往往有很大的架子，不大肯收博士生，害怕学生将来出息不大，辱没了自己的名声。越是名教授，收徒弟的条件越高。往往经过几个学期的习弥那尔，教授真正觉得孺子可教，他才点头收徒，并给他博士论文题目。

对我来讲，我好像是没有经过那样漫长而复杂的过程。第四学期念完，教授就主动问我要不要一个论文题目。我听了当然是受宠若惊，立刻表示愿意。他说，他早就有了一个题目《〈大事〉伽陀中限定动词的变化》，问我接受不接受。我那时候对梵文所知极少，根本没有选择题目的能力，便满口答应。题目就这样定了下来。佛典《大事》是用所谓“混合梵文”写成的，既非梵文，也非巴利文，更非一般的俗语，是一种乱七八糟杂凑起来的语言。这种语言对研究印度佛教史、印度语言发展史等都是很重要的。我一生对这种语言感兴趣，其基础就是当时打下的。

题目定下来以后，我一方面继续参加教授的习弥那尔，听英文系和斯拉夫语文系的课，另一方面就开始读法国学者塞那校订的《大事》，一共厚厚的三大本，我真是争分夺秒，“开电灯以继晷，恒兀兀以穷年”。我把每一个动词形式都做成卡片，还要查阅大量的图书杂志，忙得不可开交。此时国际环境和生活环境越来越恶劣。吃的东西越来越少，不但黄油和肉几乎绝迹，面包和土豆也仅够每天需要量的三分之一甚至四分之一。黄油和面包都掺了假，吃下肚去，咕咕直叫。德国人是非常讲究礼貌的。但在当时，在电影院里，屁声相应，习以为常。天上还有英美的飞机，天天飞越哥廷根上空。谁也不知道，什么时候会有炸弹落下，心里终日危惧不安。在自己的祖国，日本军国主义者奸淫掳掠，杀人如麻。“烽火连三月，家书抵万金。”我是根本收不到家书的。家里的妻子老小，生死不知。我在这种内外交迫下，天天晚上失眠。偶尔睡上一会儿，也是噩梦迷离。有时候梦到在祖国吃花生米，可见我当时对吃的要求已经低到什么程度。几粒花生米，连龙肝凤髓也无法比得上了。

我的论文就是在这种情况下慢慢地写下去的。我想，应当在分析限定动词变化之前写上一篇有分量的长的绪论，说明“混合梵语”的来龙去脉以及《大事》的一些情况。我觉得，只有这样，论文才显得有气派。我翻看了大量用各种语言写成的论文，做笔记，写提纲。这个工作同做卡片同时并举，经过了大约一年多的时间，终于写成了一篇绪论，相当长。自己确实是费了一番心血的。“文章是自己的好”，我自我感觉良好，觉得文章分析源流，标列条目，洋洋洒洒，颇有神来之笔，值得满意。我相信，这一举一定会给教授留下深刻印象，说不定还要把自己夸上一番。当时欧战方殷，教授从军回来短期休假。我就怀着这样的美梦，把绪论送给了他。美梦照旧做了下去。隔了大约一个星期，教授在研究所内把文章退还给我，脸上含有笑意，最初并没有说话。我心里咯噔一下，直觉感到情势有点儿不妙了。我打开稿子一看，没有任何改动。只在第一行第一个字前面画上了一个前括号，在最后一行最后一个字后面画上了一个后括号。整篇文章就让一个括号括了起来，意思就是说，全不存在了。这真是“坚决、彻底、干净、全部”消灭掉了。我仿佛当头挨了一棒，茫然、懵然，不知所措。这时候教授才慢慢地开了口：“你的文章费劲很大，引书不少。但是都是别人的意见，根本没有你自己的创见。看上去面面俱到，实际上毫无价值。你重复别人的话，又不完整准确。如果有人对你的文章进行挑剔，从任何地方都能对你加以抨击，而且我相信你根本无力还手。因此，我建议，把绪论统统删掉。在对限定动词进行分析以前，只写上几句说明就行了。”一席话说得我哑口无言，我无法反驳。这引起了我激烈的思想斗争，心潮滚滚，冲得我头晕眼花。过了好一阵子，我的脑筋才清醒过来，仿佛做了黄粱一梦。我由衷地承认，教授的话是完全合情合理的。我由此体会到：写论文就应该是这个样子。

这是我一生第一次写规模比较大的学术论文，也是我第一次受到剧烈的打击。然而我感激这一次打击，它使我终生头脑能够比较清醒。没有创见，不要写文章，否则就是浪费纸张。有了创见写论文，也不要下笔千言，离题万里。空洞的废话少说、不说为宜。我现在也早就有了学生了。我也把我从瓦尔德施密特教授那里接来的衣钵传给了他们。

我的回忆就写到这里为止。这样一个好题目，我本来希望能写出一篇像样的东西。却是事与愿违，文章不怎么样。差幸我没有虚构，全是大实话，这对青年们也许还不无意义吧。

1987年3月18日晨

德国学习生活回忆

我于1934年在清华大学西洋文学系毕业，到母校济南省立高中去教了一年国文。1935年秋天，考取清华大学与德国交换研究生，到德国著名的大学城哥廷根去继续学习。

首先碰到的一个问题就是学习科目。我曾经想学习古希腊文和拉丁文。但是当时德国中学生要学习八年拉丁文、六年希腊文。我补习这两种古代语言至少也要费上几年的时间，那是无论如何也做不到的。为这个问题，我着实烦恼了一阵。有一天，我走到大学的教务处去看教授开课的布告。偶然看到Waldschmidt（瓦尔德施密特）教授要开梵文课。这一下子就勾引起我旧有的兴趣：学习梵文和巴利文。从此以后，我在这个只有十万人口的小城住了整整十年，绝大部分精力都用在学习梵文和巴利文上。

我到哥廷根时，法西斯头子才上台两年。又过了两年，1937年，日本法西斯就发动了侵华战争。再过两年，1939年，德国法西斯就发动了第二次世界大战。在漫长的十年当中，我没有过上几天平静舒适的日子。到了德国不久，就赶上黄油和肉定量供应，而且是越来越少。二次大战一爆发，面包立即定量，也是同样的规律：越来越少，而且越来越坏。到了后来，黄油基本上不见，做菜用的油是化学合成的。每月分配到的量很少，倒入锅中，转瞬一阵烟，便一切俱逝。做面包的面粉大部分都不是面粉。德国人自己也不知道是什么东西，有人说是海鱼粉做成的，有人又说是木头炮制的。刚拿到手，还可以入口。放上一夜，就腥臭难闻。过了几年这样的日子，天天挨饿，做梦都会梦到祖国吃的东西。要说真正挨饿的话，那才算是挨饿。有一次我同一位德国小姐骑自行车下乡去帮助农民摘苹果，因为成丁的男子几乎都被征从军，劳动力异常缺少。劳动了一天，农民送给我一些苹果和五磅土豆。我回家以后，把五磅土豆一煮，一顿饭吃个精光，但仍毫无饱意。挨饿的程度，可以想见。我当时正读俄国作家果戈理的《钦差大臣》，其中有一个人没有东西吃，脱口说了一句："我饿得简直想把地球一口气吞下去。"我读了，大为高兴，因为这位俄国作家在多少年以前就说出了我心里的话。

然而，我的学习并没有放松。我仍然是争分夺秒，把全部的时间都用于学习。我那几位德国老师使我毕生难忘。西克教授（Prof Dr Emil Sieg）当时已到耄耋高龄，早已退休，但由于 Waldschmidt 被征从军，他又出来代理。这位和蔼可亲、诲人不倦的老人治学谨严，以读通吐火罗语名扬国际学术界。他教我读波颠阇利的《大疏》，教我读《梨俱吠陀》，教我读《十王子传》，这都是他的拿手好戏。此外，他还殷切地劝我学习吐火罗语。我原来并没有这个打算，因为，从我的能力来说，我学习的东西已经够多的了。但是他的盛意难却，我就跟他念起吐火罗语来。同我一起学习的还有一个比利时的学者 W.Couvreur，Waldschmidt 教授每次回家休假，还关心指导我的论文。就这样，在战火纷飞下，饥肠辘辘中，我完成了我的学习，Waldschmidt 教授和其他两个系——斯拉夫语言系和英国语言系——的有关教授对我进行了口试。学习算是告一段落。有一些人常说：学术无国界。我以前对于这句话曾有过怀疑：学术怎么能无国界呢？一直到今天，就某些学科来说，仍然是有国界的。但是，也许因为我学的是社会科学，从我的那些德国老师身上，确实可以看出，学术是没有国界的。他们对我从来没有想保留一手。循循善诱，谆谆教导，连想法和资料对我都是公开的。他们为什么这样做呢？难道他们不是想使他们从事的那种学科能够传入迢迢万里的中国来生根发芽结果吗？

此时战争已经形势大变。德国法西斯由胜转败，只有招架之功，没有还手之力。最初英美的飞机来德国轰炸时，炸弹威力不大，七八层的高楼仅仅只能炸坏最上面的几层。法西斯头子尾巴大翘，狂妄地加以嘲讽。但是过了不久，炸弹威力猛增，往往是把高楼一炸到底，有时甚至在穿透之后从地下往上爆炸。这时轰炸的规模也日益扩大，英国白天来炸，美国晚上来炸，都用的是“铺地毯”的方式，炸弹像铺地毯一样，一点儿空隙也不留。有时候，我到郊外林中去躲避空袭，躺在草地上仰望英美飞机编队飞过，机声震地，黑影蔽天，一躺就是个把小时。

我就是在这样饥寒交迫、机声隆隆中学习的。我当然会想到祖国，此时祖国在我心头的分量比什么时候都大。然而它却在千山万水之外，云天渺茫之中。我有时候简直失掉希望，觉得今生再也不会见到最亲爱的祖国了。我同家庭也失掉联系。我想改杜甫的诗：“烽火连三岁，家书抵亿金。”我曾在当时写成的一篇短文里写道：“乡思使我想到：我是一个有故乡和祖国的人。”也许现在的人们无法理解这样一句平凡简单然而又包含着许多深意的话。我当时是了解的，现在当然更能了解了。

在这里，我想着重提一下德国人民的友好情谊。大家都知道，在二十世纪三十年代末四十年代初，中国，除了解放区以外，是在国民党统治下的，外交无能，内政腐败，黄钟毁弃，瓦釜雷鸣，是一个被人家瞧不起的国家，何况德国法西斯更是瞧不起所谓“有色人种”的。法西斯头子希特勒时有所表露，而他的话又是被某一些德国人奉为金科玉律的。然而，在广大人民群众中，情况却完全两样。我在德国住了那样长的时间，从来没有碰到种族歧视的粗野对待。我的女房东待我像自己的孩子一样。离别时她痛哭失声。我的老师在学术上对我要求极严，但始终亲切和蔼，令我如在春风化雨中。对一个远离祖国有时又有些多愁善感的年轻人来说，这是极大的安慰，它使我有勇气在饥寒交迫、精神极度愁苦中坚持下去，一直看到法西斯的垮台。

法西斯垮台以后，德国已经是一片废墟。我曾到哈诺弗去过一趟。这个百万人口的大城，城里面光留下一个空架子，几乎没有什么居民。大街两旁全是被轰炸过的高楼大厦，只剩下几堵墙。沿墙的地下室窗口旁，摆满上坟用的花圈。据说被埋在地下室里的人成千上万。当时轰炸后，还能听到里面的求救声，但没法挖开地下室救他们。声音日渐微弱，他们终于无声地死在里边。现在停战了，还是无法挖开地下室，抬出尸体。家人上坟就只好把花圈摆在窗外。这种景象实在让人毛骨悚然。

这时已是 1945 年深秋，我到德国已经整整十年了。我同几个中国同乡，乘美军的汽车，到了瑞士，在那里住了将近半年。1946 年夏天回国，从此结束了我那漫长的流浪生活。

1981 年 5 月 11 日

初抵柏林

柏林是我这一次万里长途旅行的目的地，是我的“留学热”的最后归宿，是我旧生命的结束，是我新生命的开始。在我眼中，柏林是一个无比美妙的地方。经过长途劳顿，跋山涉水，我终于来到了这里。我心里的感觉是异常复杂的，既有兴奋，又有好奇；既有兴会淋漓，又有忐忑不安。从当时不算太发达的中国，一下子来到这里，置身于高耸的楼房之中，漫步于宽敞的长街之上，自己宛如大海中的一滴水。

清华老同学赵九章等，到车站去迎接我们，为我们办理了一切应办的手续，使我们避免了许多麻烦，在离开家乡万里之外，感到故园的温暖。然而也有不太愉快的地方。马大哈敦福堂在柏林车站表演了他最后的一次特技：丢东西。这次丢的东西更是至关重要——丢的是护照。虽然我们同行者都已十分清楚，丢的东西终究会找回来的，但是我们也一时有点儿担起心来，敦公本人则是双目发直，满脸流汗，翻兜倒衣，搜索枯肠，在车站的大混乱中，更增添了混乱。等我们办完手续，走出车站，敦公汗已流完，伸手就从裤兜中把那个在国外至关重要的护照掏了出来。他自己莞尔一笑，我们则是啼笑皆非。

老同学把我们先带到康德大街彼得公寓，把行李安顿好，又带我们到中国饭店去吃饭。当时柏林的中国饭馆不是很多，据说只有三家。饭菜还可以，只是价钱太贵。除了大饭店以外，还有一家可以包饭的小馆子。男主人是中国北方人，女主人则是意大利人。两个人的德国话都非常蹩脚。只是服务极为热情周到，能蒸又白又大的中国馒头，菜也炒得很好，价钱又不太贵。所以中国留学生都趋之若鹜，生意非常好。我们初到的几个人却饶有兴趣地探讨另一个问题：店主夫妇二人是怎样交流思想呢？这样的事确实与我们无关，不去管它也罢。我们的当务之急是找到一间房子。德国人非常务实而又简朴。他们不管是干什么的，一般说来，房子都十分宽敞，有卧室、起居室、客厅、厨房、厕所，有的还有一间客房。在这些房间之外，如果还有余房，则往往出租给外地或外国的大学生，连待遇优厚的大学教授也不例外。出租的方式非常奇特，不是出租空房间，而是出租房间里的一切东西，桌椅沙发不在话下，连床上的被褥也包括在里面，租赁者不需要带任何行李，面巾、浴巾等都不需要。房间里所有的服务工作，铺床叠被，给地板扫除打蜡，都由女主人包办。房客的皮鞋，睡觉前脱下来，放在房门外面，第二天一起床，女主人已经把鞋擦得闪光锃亮了。这些工作，教授夫人都要亲自下手，她们丝毫也没有什么下贱的感觉。德国人之爱清洁，闻名天下。女主人每天一个上午都在忙忙叨叨，擦这擦那，自己屋子里面不必说了，连外面的楼道，都天天打蜡，楼外的人行道，不但打扫，而且打上肥皂来洗刷。室内室外，楼内楼外，任何地方，都是洁无纤尘。

清华老同学汪殿华和他的德国夫人，在夏洛滕堡区的魏玛大街，为我们找到了一间房子，房东名叫罗斯瑙（Rosermu），看长相是一个犹太人。一提到找房子，人们往往会想到老舍早期的几部长篇小说中讲到中国人在英国伦敦找房子的情况。那是非常困难的。如果出租招贴上没有明说可以租给中国人，你就别去问，否则一定会碰钉子。在德国则没有这种情况。在柏林，你可以租到任何房子。只有少数过去中国学生住过的房子是例外。在这里你会受到白眼，遭到闭门羹。个中原因，一想便知，用不着我来啰唆了。

说到犹太人，我必须讲一讲当时犹太人在德国的处境，顺便讲一讲法西斯统治的情况。法西斯头子希特勒于 1933 年上台。我是 1935 年到德国的，我一直看到他恶贯满盈，自杀身亡，几乎与他的政权相始终。对德国法西斯政权，我是目击者，是有点儿发言权的。我初到的时候，柏林的纳粹味还不算太浓；当然已经有了一点儿。希特勒的相片到处悬挂，田字旗也随处可见。人们见面时，不像以前那样说一声“早安”“日安”“晚安”等等，分手时也不说“再见”，而是右手一举，喊一声“希特勒万岁”便能表示一切。我们中国学生，不管在什么地方，到饭馆去吃饭，进商店去买东西，总是一仍旧惯，说我们的“早安”等问候语，出门时说“再见”。有的德国人，看我们是外国人，也用旧方式向我们表示敬意。但是，大多数人仍然喊他们的“万岁”！我们各行其是，互不干扰，并没有遇到什么不如意的事情。根据法西斯“圣经”——希特勒所著《我的奋斗》一书，犹太人和中国人都被列为劣等民族，是人类文化的破坏者，而金黄头发的“北方人”，则被法西斯认为是优秀民族，是人类文化的创造者。可惜的是，据个别人偷偷地告诉我，希特勒自己那一副尊容，他那满头的黑红相间的头发，一点儿也不“北方”，成为极大的讽刺。不管怎样，中国人在法西斯眼中，是劣等民族，同犹太人成为难兄难弟。

在这里，需要讲一点儿欧洲历史。欧洲许多国家仇视犹太人，由来久矣。有莎士比亚的名剧《威尼斯商人》可以为证。在中世纪，欧洲一些国家就发生过大规模屠杀犹太人的惨剧。在这方面，希特勒只是继承过去的衣钵，他并没有什么发明创造。如果有的话，那就是，他对犹太人进行了“科学的”定性分析。在他那一架政治化学天平上，他能够确定犹太人的“犹太性”，计有百分之百的犹太人，也就是，祖父母和父母双方都是犹太人；二分之一犹太人，就是父母双方一方为犹太人；四分之一犹太人，就是祖父母或外祖父母一方为犹太人，其余都是德国人；八分之一犹太人，依此类推。这就是纳粹“民族政策”的理论根据。百分之百的犹太人必须迫害，绝不手软；二分之一的稍逊。至于四分之一的则是处在政策的临界线上，可以暂时不动，八分之一以下则可以纳入人民内部，不以敌我矛盾论处了。我初到柏林的时候，此项政策大概刚施行了第一阶段，迫害还只限于全犹太人和一部分二分之一者，后来就愈演愈烈了。我的房东可能属于二分之一者，所以能暂时平安。希特勒们这一架特制的天平，能准确到什么程度，我是门外人，不敢多说。但是，德国人素以科学技术蜚声天下，天平想必是可靠的了。

至于德国普通老百姓怎样看待迫害犹太人的事件，我初来乍到，不敢乱说。德国人总的来说是很可爱的，很淳朴老实的，他们毫无油滑之气，有时候看起来甚至有些笨手笨脚，呆头呆脑。比如说，你到商店里去买东西，店员有时候要找钱。你买了七十五分尼的东西，付了一马克。若在中国，店员过去用算盘，今天用计算器，或者干脆口中念念有词：“三五一十五，三六一十八……”一口气说出了应该找的钱数：“二十五分尼。”德国店员什么也不用，他先说“七十五分尼”，把五分尼摆在桌子上；说一声“八十分尼”，然后再摆一个十分尼；说一声“九十分尼”，最后再摆一个十分尼，说一声“一马克”，于是完了，皆大欢喜。

德国人每天只吃一顿热餐，这就是中午。晚饭则只吃面包和香肠、干奶酪等等，佐之以热茶。有一天，我到肉食店里去买了点儿香肠，准备回家去吃晚饭。晚上，我兴致勃勃地泡了一壶红茶，准备美美地吃上一顿。但是，一咬香肠，觉得不是味，原来里面的火腿肉全是生的。我大为气愤，愤愤不平：“德国人竟这样戏弄外国人，简直太不像话了，真是岂有此理！”连在梦中，也觉得难咽下这一口气去。第二天一大早，我就到那个肉食店里去，摆出架势，要大兴问罪之师。一位女店员，听了我的申诉，看了看我手中拿的香肠，起初有点儿大惑不解，继而大笑起来。她告诉我说：“在德国，火腿都是生吃的，有时连肉也生吃，而且只有最好最新鲜的肉，才能生吃。”我还有什么话好说呢？自己是一个地道的阿木林。

我到德国来，不是专门来吃香肠的，我是来念书的。要想念好书，必须先学好德语。我在清华学德语，虽然四年得了八个优，其实是张不开嘴的。来到柏林，必须补习德语口语，不再成为哑巴。远东协会的林德（Linde）和罗哈尔（Rochall）博士热心协助，带我到柏林大学的外国学院去，见到校长，他让我念了几句德文，认为满意，就让我参加柏林大学外国留学生德语班的最高班。从此我就成了柏林大学的学生，天天去上课。

教授名叫赫姆（Hoehm），我从来没有遇到这样好的外语教员。他发音之清晰，讲解之透彻，简直达到了神妙的程度。在 9 月 20 日的日记里，我写道：

教授名叫 Hoehm，真讲得太好了，好到不能说。我是第一次听德文讲书，然而没有一句不能懂，并不是我听的能力强，只是他说得太清楚了。

可见我当时的感受。我上课时，总和乔冠华在一起。我们每天乘城内火车到大学去上课，乐此不疲。

说到乔冠华，我要讲一讲我同他的关系，以及同其他中国留学生中我的熟人的关系，也谈一谈一般中国学生的情况。我同乔是清华同学，他就读于哲学系，比我高两级。在校时，他经常腋下夹一册又厚又大的德文版《黑格尔全集》，昂首阔步，旁若无人，徜徉于清华园中。因为不是一个行道，我们虽认识，但并不熟。同被录取为交换研究生，才熟了起来。到了柏林以后，更是天天在一起，几乎形影不离。我们共同上课、吃饭、访友、游玩婉湖（Wansee）和动物园。我们都是书呆子，念念不忘逛旧书铺，颇买了几本好书。他颇有些才气，有一些古典文学的修养。我们很谈得来。有时候闲谈到深夜，有几次就睡在他那里。我们同敦福堂已经几乎断绝了往来，我们同他总有点儿格格不入。我们同一般的中国留学生也不往来，同这些人更是格格不入，毫无共同语言。

当时在柏林的中国留学生，人数是相当多的。原因并不复杂。到德国来镀的金是 24K 金，在中国社会上声誉卓著，是抢手货。所以有条件的中国青年趋之若鹜。这样的机会，大官儿们和大财主们是绝不会放过的，他们纷纷把子女派来，反正老子有的是民脂民膏，不愁供不起纨绔子弟们挥霍浪费。这里有吃，有喝，有玩，有乐，既不用上学听课，也用不着说德国话。有一部分留德学生，只需要四句简单的德语，就能够供几年之用。早晨起来，见到房东，说一声“早安”就甩手离家，到一个中国饭馆里，洗脸，吃早点，然后打上几圈麻将，就到了吃午饭的时候。午饭后，相约出游。晚饭时回到饭馆。深夜回家，见到房东，说一声“晚安”，一天就过去了。再学上一句“谢谢”，加上一句“再见”，语言之功毕矣。我不能说这种人很多，但确实是有，这是事实，无法否认。

我同乔冠华曾到中国饭馆去吃过几次饭。一进门，高声说话的声音、吸溜呼噜喝汤的声音、吃饭吧唧嘴的声音、碗筷碰盘子的声音，汇成了一个大合奏，其势如暴风骤雨，迎面扑来。我仿佛又回到了中国。欧洲人吃饭，都是异常安静的，有时甚至正襟危坐，喝汤绝不许出声，吃饭吧唧嘴更是大忌。我不说，这就是天经地义；但是总能给人以文明的印象，未可厚非。我们的留学生把祖国的这一份国粹，带到了万里之外，无论如何，也让人觉得不舒服。像我这样的乡下人实在有点儿受不了。他们眼里根本没有像我同乔冠华这样的穷学生。然而我们眼里又何尝有这一批卑鄙龌龊的纨绔子弟呢？我们从此再没有进这里中国饭馆的门。

但是，这些“留学生”的故事，却接二连三地向我们耳朵里涌，什么稀奇古怪的事情都有。很多留学生同德国人发生了纠葛，有的要法律解决。既然打官司，就需要律师。德国律师很容易找，但花费太大。于是有识之士应运而生。有一位老留学生，在柏林待得颇有年头了，对柏林的大街小巷、五行八作，都了如指掌，因此绰号叫“柏林土地”，真名反隐而不扬。此公急公好义，据说学的是法律，他公开扬言，要用自己的专业知识，替中国留学生打官司，分文不取，连车马费都自己掏腰包。我好像是没有见到这一位英雄。对他我心里颇有矛盾，一方面钦佩他的义举，一方面又觉得十分奇怪。这个人难道说头脑是正常的吗？

柏林的中国留学生界，情况就是这个样子。在 10 月 17 日的日记里，我写道：

在没有出国以前，我虽然也知道留学生的泄气，然而终究对他们存着敬畏的观念，觉得他们终究有神圣的地方，尤其是德国留学生。然而现在自己也成了留学生了。在柏林看到不知道有多少中国学生，每人手里提着照相机，一脸满不在乎的神气。谈话，不是怎样去跳舞，就是国内某某人做了科长了，某某做了司长了。不客气地说，我简直还没有看到一个像样的“人”。到今天我才真知道了留学生的真面目！

这都是原话，我一个字也没有改。从中可见我当时的真实感情。我曾动念头，写一本《新留西外史》。如果这一本书真能写成的话，我相信，它一定会是一部杰作，洛阳纸贵，不卜可知。可惜我在柏林待的时间太短，只有一个多月，致使这一部杰作没能写出来，真要为中国文坛惋惜。

我到德国来念书，柏林只是一个临时站，我还要到别的地方去的。但是，到哪里去呢？德国学术交换处的魏娜（Wiehner），最初打算把我派到东普鲁士的哥尼斯堡（Kiinigsberg）大学去。德国最伟大的古典哲学家康德就在这里担任教授。这当然是一个十分令人神往的地方。但是这地方离柏林较远，比较偏僻，我人地生疏，表示不愿意去。最后，几经磋商，改派我到哥廷根（Gottingen）大学去，我同意了。我因此就想到，人的一生实在非常复杂，因果交互影响。我的老师吴宓先生有两句诗：“世事纷纭果造因，错疑微似便成真。”这的确是很有见地的话，是参透了人生真谛才能道出的。如果我当年到了哥尼斯堡，那么我的人生道路就会同今天的截然不同。我不但认识不了西克（Sieg）教授和瓦尔德施密特（Waldschmidt）教授，就连梵文和巴利文也不会去学。这样一个季羡林今天会是什么样子呢？那只有天晓得了。

决定到哥廷根去，这算是大局已定，我心头的一块石头落了地。我到处打听哥廷根的情况，幸遇老学长乐森浔先生。他正在哥廷根大学读书，现在来柏林办事。他对我详细谈了哥廷根大学的情况。我心中的疑团尽释，大有耳聪目明之感。又在柏林待了一段时间，最后在大学开学前终于离开了柏林。我万万没有想到，此番一去就是七年，没有再回来过。我不喜欢柏林，也不喜欢这里那些成群结队的中国留学生。

哥廷根

我于 1935 年 10 月 31 日，从柏林到了哥廷根。原来只打算住两年，焉知一住就是十年整，住的时间之长，在我的一生中，仅次于济南和北京，成为我的第二故乡。

哥廷根是一个小城，人口只有十万，而流转迁移的大学生有时会到两三万人，是一个典型的大学城。大学已有几百年的历史，德国学术史和文学史上许多显赫的名字，都与这所大学有关。以他们的名字命名的街道，到处都是。让你一进城，就感到洋溢全城的文化气和学术气，仿佛是一个学术乐园，文化净土。

哥廷根素以风景秀丽闻名全德。东面山林密布。一年四季，绿草如茵。即使冬天下了雪，绿草埋在白雪下，依然翠绿如春。此地，冬天不冷，夏天不热，从来没遇到过大风。既无扇子，也无蚊帐，苍蝇、蚊子成了稀有动物，跳蚤、臭虫更是闻所未闻。街道洁净得邪性，你躺在马路上打滚，绝不会沾上任何一点儿尘土。家家的老太婆用肥皂刷洗人行道，已成为家常便饭。在城区中心，房子都是中世纪的建筑，至少四五层。人们置身其中，仿佛回到了中世纪去。古代的城墙仍然保留着，上面长满了参天的橡树。我在清华念书时，喜欢读德国短命抒情诗人荷尔德林（Hslderlin）的诗歌，他似乎非常喜欢橡树，诗中经常提到它。可是我始终不知道，橡树是什么样子。今天于无意中遇之，喜不自胜。此后，我常常到古城墙上来散步，在橡树的浓荫里，四面寂无人声，我一个人静坐沉思，成为哥廷根十年生活中最有诗意的一件事，至今忆念难忘。

我初到哥廷根时，人地生疏。老学长乐森浔先生到车站去接我，并且给我安排好了住房。房东姓欧朴尔（Oppel），老夫妇俩，只有一个儿子。儿子大了，到外城去上大学，就把他住的房间租给我。男房东是市政府的一个工程师，一个典型的德国人，老实得连话都不大肯说。女房东有五十来岁，是一个典型的德国家庭妇女，受过中等教育，能欣赏德国文学，喜欢德国古典音乐，趣味偏于保守，一提到爵士乐，就满脸鄙夷的神气，冷笑不止。她有德国妇女的一切优点：善良、正直，能体贴人，有同情心。但也有一些小小的不足之处，比如，她有一个最好的朋友，一个寡妇，两个人经常来往。有一回，她这位女友看到她新买的一顶帽子，喜欢得不得了，想照样买上一顶，她就大为不满，对我讲了她对这位女友的许多不满意的话。原来西方妇女——在某些方面，男人也一样——绝对不允许别人与自己戴同样的帽子，穿同样的衣服。这一点我们中国人无论如何也是难以理解的。从这里可以看出，我这位女房东小市民习气颇浓。然而，瑕不掩瑜，她是我生平遇到的最好的妇女之一，善良得像慈母一般。

我就是在这样一个只有一对老夫妇的德国家庭里住了下来，同两位老人晨昏相聚，成为这个家庭的一员，一住就是十年，没有搬过一次家。我在这里先交待这个家庭的一般情况，细节以后还要谈到。

我初到哥廷根时的心情怎样呢？为了真实起见，我抄一段我到哥廷根后第二天的日记：

终于又来到哥廷根了。这以后，在不安定的漂泊生活里会有一段比较长一点的安定的生活。我平常是喜欢做梦的，而且我还自己把梦涂上种种色彩。最初我做到德国来的梦，德国是我的天堂，是我的理想国。我幻想德国有金黄色的阳光，有Wahrheit（真），有Sctonheit（美）。我终于把梦捉住了，我到了德国。然而得到的是失望和空虚。我的一切希望都泡影似的幻化了去。然而，立刻又有新的梦浮起来。我梦想，我在哥廷根，在这比较长一点的安定的生活里，我能读一点书，读点古代有过光荣而这光荣将永远不会消灭的文字。现在又终于到了哥廷根了。我不知道我能不能捉住这梦。其实又有谁能知道呢?

1935年11月1日

从这一段日记里可以看出，我当时眼前仍然是一片迷茫，还没有找到自己要走的道路。

表的喜剧——欧游散记之一

自己是乡下人，没有见过多大的世面；乡下人的固执与畏怯还保留了一部分。初到柏林的时候，刚走出车站，头里面便有点儿朦胧。脚下踏着的虽然是光滑的柏油路，但我却仿佛踏上了棉花。眼前飞动着汽车电车的影子，天空里交织着电线，大街小街错综交叉着：这一切织成了一张有魔力的网，我便深深地陷在这网里。我惘然地跟着别人走，简直像在一片茫无涯际的大海里摸索。

在这样一片茫无涯际的大海里，我第一次感觉到表的需要，因为它能告诉我，什么时候应当去吃饭，什么时候应当去访人。说到表，我是一个十足的门外汉。在国内的时候，朋友们最少也是第三个表，或是第四个表的主人。然而对我，表却仍然是一个神秘的东西。虽然有时在等汽车的时候，因为等得不耐烦了，便沿着街向街旁的店铺里张望，希望能发现一只挂在墙上的钟，看看时间究竟到了没有。但张望的结果却往往是，走了极远的路而碰不到一只钟。即便侥幸能碰到几只，然而每只所指的时间，最少也要相差半点钟。而且因为张望的态度太有点儿近于滑稽，往往引起铺子里伙计的注意，用怀疑的眼光看我几眼。当我从这怀疑的眼光的扫射下怀了一肚皮的疑虑逃回汽车站的时候，汽车已经开走了。一直到去年秋天，自己要按钟点挣面包的时候，才买了一只表。然而只走了三天，就停下来。到表铺一问，说是发条松。修理好了不久又停下来。又去问，说是针有毛病。修理到五六次的时候，计算起来，修理费已经超过了原价，但它却仍然僵卧在桌子上。我便下决心，花了相当大的一个数目另买了一只。果然能使我满意了。这表就每天随着我，一直随我坐上西伯利亚的火车。然而在斯托扑塞（通称为斯托尔普）换车的时候，因为急着搬行李，竟把玻璃罩碰碎了。在当时惶遽仓促的心情下，并不觉得是一个多大的损失，就把它放在一个茶叶瓶里，又坐了火车。当我到了这茫无涯际的海似的柏林的时候，我才又觉到它的需要了。

于是在到了的第三天，就有一位在柏林住过两年的朋友陪我出去修理。仍然有一张充满了魔力的网笼罩着我的全身。我迷惘地随了他走。终于在康德街找到了一家表铺。说明了要换一个玻璃罩，表匠给了我一张纸条。我只看到上面有黑黑的几行字的影子，并没看清是什么字。因为我相信，上面最少也会有这表铺的名字和地址；只要有名字和地址，表就可以拿回去的。他答应我们第二天去拿，我们就跨出了铺门。

第二天的下午，我不愿意再让别人陪我走无意义的路，我便自己出发去取表。但是一想到究竟要到什么地方去取呢，立刻有一团迷离错杂的交织着电线的长长的街的影子浮动在我的眼前。我拿出那张纸条来看，我才发现，上面只印着收到一只修理的表，铺子名字却没有，当然更没有地址。我迷惑了，但我却不能不找找看。我本能地沿着康德街的左侧走去，因为我虽然忘记了地址，但我却模模糊糊地记得是在街的左侧。我走上去，我把我的注意力集中到每个铺子的招牌上，每个铺子的窗子里。我看过各种各样的招牌和窗子。我时时刻刻预备着接受这样一个奇迹，蓦地会有一个表字或一只表呈现到我的眼前。然而得到的却是失望，我仍然走上去，康德街为什么竟这样长呢？我一直走到街的尽端，只好折回来再看一遍。终于在一大堆招牌里我发现了一个表铺的招牌。因为铺面太小了，刚才竟漏了过去。我仿佛到了圣地似的快活，一步跨进去，但立刻觉得有点儿不对，昨天我们跨进那个表铺的时候，那位修理表的老头正伏在窗子前面工作。我们一进去，他仿佛吃惊似的把一把刀子掉在地上。他伏下身去拾刀子的时候，我发现他背后有一架放满了表的小玻璃橱。但今天那架橱子移到哪儿去了呢？还没等我把这疑虑扩散开来，主人出来了，也是一位老头。

我只好把纸条交给他，他立刻就去找表。看了他的神气，想到刚才自己的怀疑，我笑了。但找了半天，表终于没找到。他用手搔着发亮的头皮，显出很焦急的样子。他告诉我，他的太太或者知道表放在什么地方，但她现在不在家，所以让我第二天再去。他仿佛很抱歉的样子，拿过一支铅笔来，把他的地址写在那张纸条的后面。我只好跨出来，心里充满了疑惑和不安定，当我踏着暮色走回去的时候，对着这海似的柏林，我叹了一口气。

过了一个杂念缭绕的夜，我又在约定的时间走了去。因为昨天究竟有过那样的怀疑，所以走在路上的时候，我仍然注意每一个铺子的招牌和窗子里陈列的东西，希望能再发现一个表铺。不久，我的希望就实现了，是一个更小的表铺。主人有点儿驼背。我把纸条递给他，问他，是不是他的。他说不是。我只好走出来，终于又走到昨天去过的那铺子。这次老头不在家，出来的是他的太太。我递给她纸条。她看到上面的字是她丈夫写的，立刻就去找表。她比老头还要焦急。她拉开每一个抽屉，每一个橱子；她把每个纸包全打开了；她又开亮了电灯，把暗黑的角隅都照了一遍。然而表终于没找到。这时我的怀疑一点儿都没有了，我的心有点儿跳，我仿佛觉得我的表的的确确是送到这儿来的。我注视着老太婆，然而不说话。看了我的神情，老太婆似乎更焦急了。她的白发在电灯下闪着光，有点儿颤动。

然而表却只是找不到，她又会有什么办法呢？最后，她只好对我说，她丈夫回来的时候问问看，她让我过午再去。我怀了更大的疑惑和不安定走了出来。

当天的过午，要近黄昏的时候，我又一个人走了去。一开门，里面黑沉沉的；我觉得四周立刻古庙似的静了起来，我能听到自己的心跳动的声音。等了好一会儿，才见两个影子从里面移动出来。开了灯，看到是我，老头显得有点儿惊惶，老太婆也显然露出不安定的神气。两个人又互相商议着找起来，把每一个可能的地方全找到了，但表却终于没找到。老头更用力地用手搔着发亮的头皮；老太婆的头发在灯影里也颤动得更厉害。最后老头终于忍不住问我了，是不是我自己送来的。这问题真使我没法回答。我的确是自己送来的，但送的地方不一定是这里。我昨天的怀疑立刻又活跃起来。我看不到那个放满了表的小玻璃橱，我总觉得这地方不大像我送表的地方。我于是对他解释说，我到柏林还不到四天，街道弄不熟悉。我问他，那纸条是不是他发给我的。他听了，立刻恍然大悟似的噢了一声，没有说什么，很匆忙地从抽屉里拿出一叠纸条，同我给他的纸条比着给我看。两者显然有极大的区别：我给他的那张是白色的，然而他拿出的那一叠却是绿色的，而且还要大一倍。他说，这才是他的收条。我现在完全明白了我走错了铺子。因为自己一时的疏忽，竟让这诚挚的老人陪我演了两天的滑稽剧，我心里实在有点儿过意不去。我向他道歉，我把我脑筋里所有的在这情形下用得着的德文单字全搜寻出来，老人脸上浮起一片诚挚而会意的微笑，没说什么。然而老太婆却有点儿生气了，嘴里嘟噜着，拿了一块橡皮用力在我给她的那张纸条上擦，想把她丈夫写上的地址擦了去。我却不敢怨她，她是对的，白白地替我担了两天心，现在出出气，也是极应当的事。临走的时候，老头又告诉我，可以到西面不远的一家表铺去问问，并且把门牌写给我。按着号数找到了，我才知道，就是我昨天去过的主人有点儿驼背的那个铺子。除了感激老头的热诚以外，我还能说什么呢?

我沿着康德街走着，心里仿佛坠了一块石头。天空里交织着电线，眼前是一条条错综交叉的大街小街，街旁的电灯都亮起来了，一盏盏沿着街引上去，极目处是半面让电灯照得晕红了起来的天空。我不知道柏林究竟有多大，我也不知道我现在在柏林的哪一部分。柏林是大海，我正在这大海里漂浮着，找一个比我自己还要渺小的表。我终于下意识地走到我那位在柏林住过两年的朋友的家里去，把两天来找表的经过说给他听;他显出很怀疑的神气，立刻领我出来，到康德街西半的一个表铺里去。离我刚才去过的那个铺子最少有二里路。拿出了收条，立刻把表领出来。一拿到表，我心里有说不出的感觉，我仿佛亲手捉到一个奇迹。我又沿了康德街走回家去。

当我想到两天来演的这一幕小小的喜剧，想到那位诚挚的老头用手搔着发亮的头皮的神气的时候，对了这大海似的柏林，我自己笑起来了。

1935年12月2日于德国哥廷根

听诗——欧游散记之一

自己也不知道为什么，从很早的时候，就常有一幅影像在我眼前晃动：我仿佛看到一个垂老的诗人，在暗黄的灯影里，用颤动幽抑的声音，低低地念出自己心血凝成的诗篇。这颤声流到每个听者的耳朵里，心里，一直到灵魂的深深处，使他们着了魔似的静默着。这是一幅怎样动人的影像呢？然而，在国内，我却始终没有能把这幅影像真真地带到眼前来，转变成一幅更具体的情景。这影像也就一直是影像，陪我走过西伯利亚，来到哥廷根。谁又料到在这沙漠似的哥廷根，这影像竟连着两次转成具体的情景，我连着两次用自己的耳朵听到老诗人念诗。连我自己现在想起来，也像回忆一个充满了神奇的梦。

当我最初看到有诗人来这里念诗的广告贴出来的时候，我的心喜欢得直跳。念诗的是老诗人宾丁（Rudolf G.Binding），又是一个能引起人们的幻想的名字。我立刻去买了票。我真想不到这古老的小城还会有这样的奇迹。离念诗还有十来天，我每天计算着日子的逝去。在这十来天中，一向平静又寂寞的生活竟也仿佛有了点儿活气，竟也渲染上了点儿色彩。虽然照旧每天一个人拖了一条影子，走过一段两旁有粗得惊人的老树的古城墙，到大学去；再拖了影子，经过这段城墙走回家来；然而心情却意外地觉得多了点儿什么了。

终于盼到念诗的日子。从早晨就下起雨来。在哥廷根，下雨并不是什么奇事，而且这里的雨还特别腻人，有时会连着下七八天。仿佛有谁把天钻了无数的小孔似的，就这样不急不慢永远是一股劲向下滴。抬头看灰暗的天空，心里便仿佛塞满了棉花似的窒息。今天的雨仍然同以前一样，然而我的心情却似乎有点儿不同了。我的心里充满了喜悦，仿佛正有一个幸福就在不远的前面等我亲手去捉。在灰暗的不断漏着雨丝的天空里也仿佛亮着幸福的星。

念诗的时间是在晚上。黄昏的时候，就有一位在这里已经住过七年以上的朋友来邀我。我们一同走出去。雨点儿滴在脸上，透心地凉，使我有深秋的感觉。在昏暗的灯光中，我们摸进女子中学的大礼堂。里面已经挤了上千人，电灯照得明耀如白昼。这使我多少有点儿惊奇，又有点儿失望。我总以为念诗应该在一间小屋中，暗黄的灯影里，只有几个素心人散落地围坐着，应该是梦似的情景。然而眼前的情景却竟是这样子。但这并不能使我灰心，不久我就又恢复了以前的兴头。在散乱噪杂的声影里期待着。

声音蓦地静下去，诗人已经走了进来。他似乎已经很老了，走路都有点儿摇晃。人们把他扶上讲台去，慢慢地坐在预备好的椅子上，两手交叉起来，然而不说话。在短短的神秘的寂静中，我的心有点儿颤抖。接着说了几句引言，论到自由，论到创作。于是就开始念诗。最初的声音很低，微微有点儿颤动，然而却柔婉得像秋空的流云，像春水的细波，像一切说都说不出的东西。转了几转以后，渐渐地高起来了。每一行不平常的诗句里都仿佛加入了许多新东西，加入了无量更不平常的神秘的力量。仿佛有一颗充满了生命力的灵魂跳动在里面，连我自己的渺小的灵魂也仿佛随了那大灵魂的节律在跳动着。我眼前诗人的影子渐渐地大起来，大起来，一直大到任什么都看不到。于是只剩了诗人微颤又高亢的声音不知从什么地方飘了来，宛如从天上飞下来的一道电光，从万丈悬崖上注下来的一线寒流，在我的四周舞动。我的眼前只是一片空蒙，我什么东西都看不到了。四周的一切都仿佛化成了灰，化成了烟；连自己也仿佛化成了灰，化成了烟，随了那一股神秘的力量飞到不知什么地方去了。

不知多久以后，我的四周蓦地一静。我的心一动，才仿佛从一阵失神里转来一样，发现自己仍然坐在这里听诗。定了定神，向台上看了看，灯光照了诗人脸的一半，黑大的影投在后面的墙上。他的诗已经念完，正预备念小说。现在我眼前的幻影一点儿也不剩了。我抬头看了看全堂的听者，人人都瞪大了眼睛静默着。又看了看诗人，满脸的皱纹在一伸一缩地跳动着：我们很容易看出这位老人是怎样吃力地读着自己的作品。

小说终于读完了。人们又把这位老诗人扶下讲台。热烈的掌声把他送出去，但仍然不停，又把他拖回来，走到讲台的前面，向人们慢慢地鞠了一个躬，才又慢慢地踱出去。

礼堂里立刻起了一阵骚动：人们都想跟了诗人去请他在书上签字。我同朋友也挤了出去，挤到楼下来。屋里已经填满了人。我们于是就等，用最大的耐心等。终于轮到了自己。他签字很费力，手有点儿颤抖，签完了，抬眼看了看我，我才发现他的眼睛是异常的大的，而且充满了光辉。也许因为看到我是个外国人的缘故，嘴里喃喃地说了一句什么；但没等我说话，后面的人就挤上来把我挤出屋去，又一直把我挤出了大门。

外面雨还没停。一条条的雨丝在昏暗的路灯下闪着光。地上的积水也凌乱地闪着淡光。那一双大的充满了光辉的眼睛只是随了我的眼光转，无论我的眼光投到哪里去，那双眼睛便冉冉地浮现出来。在寂静的紧闭的窗子上，我会看到那一双眼睛；在远处的暗黑的天空里，我也会看到那双眼睛。就这样陪着我，一直陪我到家，又一直把我陪到梦里去。

这以后不久，又有了第二次听诗的机会。这次念诗的是卜龙克（Hans Friedriech Blunck）。他是学士院的主席，相当于英国的桂冠诗人。论理应当引起更大的幻想，但其实却不然。上次自己可以制造种种影像，再用幻想涂上颜色，因而给自己一点儿期望的快乐。但这次，既然有了上次的经验，又哪能再凭空去制造影像呢？但也就因了有上次的经验，知道了诗人的诗篇从诗人自己嘴里流出来的时候是有着怎样大的魔力，所以对日子的来临渴望得比上次又不知厉害多少倍了。

在渴望中，终于到了念诗的那天。又是阴沉的天色，随时都有落下雨来的可能。黄昏的时候，我去找那位朋友，走过那一段古老的城墙，一同到大学的大讲堂去。

人不像上次那样多。讲台的布置也同上次不一样。上次只是极单纯的一张桌子，一把椅子。这次桌子前却挂了国社党的红底黑字的旗子，而且桌子上还摆了两瓶乱七八糟的花。我感到深深的失望的悲哀。我早没有了那在一间小屋中暗黄的灯影里只有几个人听诗的幻影。连上次那样单纯朴质的意味也寻不到踪影了。

最先是一个毛手毛脚的年轻小伙子飞步上台，把右手一扬，开口便说话。嘴、鼻子乱动，眼也骨碌骨碌地直转。看样子是想把眼光找一个地方放下，但看到台下有这么多人看自己，急切中又找不到地方放；于是嘴、鼻子、眼也动得更厉害。我忍不住直想笑出声来。但没等我笑出来，这小伙子，说过几句介绍词之后，早又毛手毛脚地跳下台去了。

接着上去的是卜龙克。他不知道什么时候已经来到这屋里，只从前排的一个位子上站起来就走上台去。他的貌相颇有点儿滑稽。头顶全秃光了，在灯下直闪光。嘴向右边歪，左嘴角上一个大疤。说话的时候，只有上唇的右半颤动，衬了因说话而引起的皱纹，形成一个奇异的景象。同宾丁一样，说了几句话之后，他就开始念自己的诗。但立刻就给了我一个不好的印象。音调不但不柔婉，而且生涩得令人想也想不到，仿佛有谁勉强他来念似的，抱了一肚皮委屈，只好一顿一挫地念下去。我想到宾丁，在那老人的颤声里是有着多么大的魔力呢？但我终于忍耐着。念过几首之后，又念到他采了民间故事仿民歌作的歌。不知为什么诗人忽然兴奋起来，声音也高起来了。在单纯质朴的歌调中，仿佛有一股原始的力量在贯注着。我的心又不知不觉飞了出去，我又到了一个忘我的境界。当他念完了诗再念小说的时候，他似乎异常地高兴，微笑从不曾离开过他的脸。听众不时发出哄堂的笑声，表示他们也都很兴奋。这笑声延长下去，一直到诗人念完了小说带了一脸的微笑走下讲台。

我们又随着人们挤出了大讲堂。外面是阴暗的夜。我们仍然走过那段古城墙。抬头看到那座中世纪留下来的古老的教堂的尖顶，高高地刺向灰暗的天空里去，像一个巨人的影子。同上次一样，诗人的面影又追了我来，就在我眼前不远的地方浮动，同时那位老诗人的有着那一双大而有光辉的眼睛的面影，也浮到眼前来。无论眼前看到的是一棵老树，是树后面一团模糊的山林，但这两个面影就会浮在前面。就这样，又一直把我送到家，又一直把我送到梦里去。

到现在已经一个多月了，每在不经心的时候，一转眼，便有这样两个面影，一前一后地飘过去；这两位诗人的声音也便随着缭绕在耳旁；我的心立刻起一阵轻微的颤动。有人会以为这些纠缠不清的影子对我是一个大的累赘。然而正相反，我自己心里暗暗地庆幸着：从很早的时候就在眼前晃动的那幅影像终于在眼前证实了。自己就成了那影像里的一个听者，诗人的颤声就流到自己的耳朵里，心里，灵魂的深深处，而且还永远永远地埋起来。倘若真是一个梦的话，又有谁否认这不是一个充满了神奇的梦呢！

1936年2月26日于德国哥廷根

我的老师们

在深切怀念我的两个不在眼前的母亲的同时，在我眼前那一些德国老师们，就越发显得亲切可爱了。

在德国老师中同我关系最密切的当然是我的 Doktor-Vater（博士父亲）瓦尔德施密特教授。他给我的第一个印象是，他非常年轻。他的年龄确实不算太大，同我见面时，大概还不到四十岁吧。我同他初次会面的时候，他穿一身厚厚的西装，面孔是孩子似的面孔。我个人认为，他待人还是彬彬有礼的。德国教授多半都有点儿教授架子，这是他们的社会地位和经济地位所决定的，是不以人的意志为转移的。后来听说，在我以后的他的学生们都认为他很严厉。据说有一位女士把自己的博士论文递给他，他翻看了一会儿，一下子把论文摔到地下，愤怒地说道："Das ist aberaUes Mist！（这全是垃圾，全是胡说八道！）"这位小姐从此耿耿于怀，最终离开了哥廷根。

我跟他学了十年，应该说，他从来没有对我发过脾气。他教学很有耐心，梵文语法抠得很细。不这样是不行的，一个字多一个字母或少一个字母，意义方面往往差别很大。我以后自己教学生，也学他的榜样，死抠语法。他的教学法是典型的德国式的。德国 19 世纪的伟大东方语言学家埃瓦尔德（Ewald）说过一句话："教语言比如教游泳，把学生带到游泳池旁，把他往水里一推，不是学会游泳，就是淹死，后者的可能是微乎其微的。"瓦尔德施密特采用的就是这种教学法。第一二两堂，念一念字母。从第三堂起，就读练习，语法要自己去钻。我最初非常不习惯，准备一堂课，往往要用一天的时间。但是，一个学期四十多堂课，就读完了德国梵文学家施滕茨勒的教科书，学习了全部异常复杂的梵文文法，还念了大量的从梵文原典中选出来的练习。这个方法是十分成功的。

瓦尔德施密特教授的家庭，最初应该说是十分美满的。夫妇二人，一个上中学的十几岁的儿子。有一段时间，我帮助他翻译汉文佛典，常常到他家去，同他全家一同吃晚饭，然后工作到深夜。餐桌上没有什么人多讲话，安安静静。有一次他笑着对儿子说道："家里来了一个中国客人，你明天大概要在学校里吹嘘一番吧？"看来他家里的气氛是严肃有余，活泼不足。他夫人也是一个不大爱说话的人。

后来，大战一爆发，他自己被征从军，成了一个军官。不久，他儿子也应征入伍。过了不太久，从 1941 年冬天起，东部战线胶着不进，相持不下，但战斗是异常激烈的。他们的儿子在北欧一个国家阵亡了。我现在已经忘记了，夫妇俩听到这个噩耗时反应如何。按理说，一个独生子幼年战死，他们的伤心可以想见。但是瓦尔德施密特教授是一个十分刚强的人，他在我面前从未表现出伤心的样子，他们夫妇也从未同我谈到此事。然而活泼不足的家庭气氛，从此更增添了寂寞冷清的成分，这是完全可以想象的了。

在瓦尔德施密特被征从军后的第一个冬天，他预订的大剧院的冬季演出票，没有退掉。他自己不能观看演出，于是就派我陪伴他夫人观看，每周一次。我吃过晚饭，就去接师母，陪她到剧院。演出有歌剧，有音乐会，有钢琴独奏，有小提琴独奏，等等，演员都是外地或国外来的，都是赫赫有名的人物。剧场里灯火辉煌，灿如白昼；男士们服装笔挺，女士们珠光宝气，一片升平祥和气象。我不记得在演出时遇到空袭，因此不知道敌机飞临上空时场内的情况。但是散场后一走出大门，外面是完完全全的另一个世界，顶天立地的黑暗，由于灯火管制，不见一缕光线。我要在这任何东西都看不到的黑暗中，送师母摸索着走很长的路到山下她的家中。一个人在深夜回家时，万籁俱寂，走在宁静的长街上，只听到自己脚步的声音，跫然而喜。此时正是乡愁最浓时。

我想到的第二位老师是西克教授。

他的家世，我并不清楚。到他家里，只见到老伴一人，是一个又瘦又小的慈祥的老人。子女或什么亲眷，从来没有见过。看来是一个非常孤寂清冷的家庭，尽管老夫妇情好极笃，相依为命。我见到他时，他已经早越过了古稀之年。他是我平生所遇到的中外各国的老师中对我最爱护、感情最深、期望最大的老师。一直到今天，只要一想到他，我的心立即剧烈地跳动，老泪立刻就流满全脸。他对我传授知识的情况，上面已经讲了一点儿，下面还要讲到。在这里我只讲我们师徒二人相互间感情深厚的一些情况。为了存真起见，我仍然把我当时的一些日记，一字不改地抄在下面：

昨天买了一张 Prof.Sieg 的相片，放在桌子上，对着自己。这位老先生我真不知道应该怎样感激他。他简直有父亲或者祖父一般的慈祥。我一看到他的相片，心里就生出无穷的勇气，觉得自己对梵文应该拼命研究下去，不然简直对不住他。

1940 年 10 月 13 日

五点半出来，到 Prof. Sieg 家里去。他要替我交涉增薪，院长已经答应。这真是意外的事。我真不知道应该怎样感谢这位老人家，他对我好得真是无微不至，我永远不会忘记！

1941 年 2 月 1 日

原来他发现我生活太清苦，亲自找文学院院长，要求增加我的薪水。其实我的薪水是足够用的，只因我枵腹买书，所以就显得清苦了。

1941 年，我一度想设法离开德国回国。我在 10 月 29 日的日记里写道：

十一点半，Prof. Sieg 去上课。下了课后，我同他谈到我要离开德国，他立刻兴奋起来，脸也红了，说话也有点震颤了。他说，他预备将来替我找一个固定的位置，好让我继续在德国住下去，万没想到我居然想走。他劝我无论如何不要走，他要替我设法同 ReKter（大学校长）说，让我得到津贴，好出去休养一下。他简直要流泪的样子。我本来心里还有点迟疑，现在又动摇起来了。一离开德国，谁知道哪一年再能回来，能不能回来？这位像自己父亲一般替自己操心的老人十有八九是不能再见了。我本来容易动感情。现在更制不住自己，很想哭上一场。

像这样的情况，日记里还有一些，我不再抄录了。仅仅这三则，我觉得，已经完全能显示出我们之间的关系了。还有一些情况，我在下面谈吐火罗文的学习时再谈，这里暂且打住。

我想到的第三位老师是斯拉夫语言学教授布劳恩（Bmim）。

他父亲生前在莱比锡大学担任斯拉夫语言学教授，他可以说是家学渊源，能流利地说许多斯拉夫语。我见他时，他年纪还轻，还不是讲座教授。由于年龄关系，他也被征从军，但根本没有上过前线，只是担任翻译，是最高级的翻译。苏联一些高级将领被德军俘虏，希特勒等法西斯头子要亲自审讯，想从中挖取超级秘密。担任翻译的就是布劳恩教授，其任务之重要可想而知。他每逢休假回家的时候，总高兴同我闲聊他当翻译时的一些花絮，很多是德军和苏军内部最高领导层的真实情况。他几次对我说，苏军的大炮特别厉害，德国难望其项背。这是德国方面从来没有透露过的极端机密，给我留下了深刻的印象。

他的家庭十分和美。他有一位年轻的夫人，两个男孩子，大的叫安德烈亚斯，有五六岁，小的叫斯蒂芬，只有两三岁。斯蒂芬对我特别友好，我一到他家，他就从远处飞跑过来，扑到我的怀里。他母亲教导我说："此时你应该抱住孩子，身子转上两三圈，小孩子最喜欢这玩意儿！"教授夫人很和气，好像有点儿愣头愣脑，说话直爽，但有时候没有谱儿。

布劳恩教授的家离我住的地方很近，走两三分钟就能走到。因此，我常到他家里去玩。他有一幅中国古代的刺绣，上面绣着五个大字：时有溪山兴。他要我翻译出来。从此他对汉文产生了兴趣，自己买了一本汉德字典，念唐诗。他把每一个字都查出来，居然也能讲出一些意思。我给他改正，并讲一些语法常识。对汉语的语法结构，他觉得既极怪而又极有理，同他所熟悉的印欧语系语言迥乎不同。他认为，汉语没有形态变化，也可能是优点，它能给读者以极大的联想自由，不像印欧语言那样被形态变化死死地捆住。

他是一个多才多艺的人，擅长油画。有一天，他忽然建议要给我画像。我自然应允了，于是有比较长的一段时间，我天天到他家里去，端端正正地坐在那里，当模特儿。画完了以后，他问我的意见。我对画不是内行，但是觉得画得很像我，因此就很满意了。在科学研究方面，他也表现了他的才艺。他的文章和专著都不算太多，他也不搞德国学派的拿手好戏：语言考据之学。用中国的术语来说，他擅长义理。他有一本讲 19 世纪沙俄文学的书，就是专从义理方面着眼，把列夫·托尔斯泰和陀斯妥耶夫斯基列为两座高峰，而展开论述，具有独特的见解，思想深刻，观察细致，是一部不可多得的著作。可惜似乎没有引起多少注意。我都觉得有寂寞冷落之感。

总之，布劳恩教授在哥廷根大学是颇为不得志的。正教授没有份儿，哥廷根科学院院士更不沾边儿。有一度，他告诉我，斯特拉斯堡大学有一个正教授缺了人，他想去，而且把我也带了去。后来不知为什么，没有实现。一直到四十多年以后我重新访问西德时，我去看他，他才告诉我，他在哥廷根大学终于得到了一个正教授的讲座，他认为可以满意了。然而他已经老了，无复年轻时的潇洒英俊。我一进门他第一句话说的是：“你晚来了一点儿，她已经在月前去世了！”我知道他指的是谁，我感到非常悲痛。安德烈亚斯和斯蒂芬都长大了，不在身边。老人看来也是冷清寂寞的。在西方社会中，失掉了实用价值的老人，大多如此。我欲说无言了。去年听德国来人说，他已经去世。我谨以心香一瓣，祝愿他永远安息！

我想到的第四位德国老师是冯·格林（Dr.von Grimm）博士。据说他是来自俄国的德国人，俄文等于是他的母语。在大学里，他是俄文讲师。大概是因为他从来没有发表过什么学术论文，所以连副教授的头衔都没有。在德国，不管你外语多么到家，只要没有学术著作，就不能成为教授。工龄长了，工资可能很高，名位却不能改变。这一点同中国是很不一样的。中国教授贬值，教授膨胀，由来久矣。这也算是中国的“特色”吧。反正冯·格林始终只是讲师。他教我俄文时已经白发苍苍，心里总好像是有一肚子气，终日郁郁寡欢。他只有一个老伴，他们就住在高斯－韦伯楼的三楼上。屋子极为简陋。老太太好像终年有病，不大下楼。但心眼极好，听说我患了神经衰弱症，夜里盗汗，特意送给我一个鸡蛋，补养身体。要知道，当时一个鸡蛋抵得上一个元宝，在饿急了的时候，鸡蛋能吃，而元宝则不能。这一番情意，我异常感激。冯·格林博士还亲自找到大学医院的内科主任沃尔夫（Wolf）教授，请他给我检查。我到了医院，沃尔夫教授仔仔细细地检查过以后，告诉我，这只是神经衰弱，与肺病毫不相干。这一下子排除了我的一块心病，如获重生。这更增加了我对这两位孤苦伶仃的老人的感激。离开德国以后，没有能再见到他们，想他们早已离开人世了，却永远活在我的心中。

我回想起来的老师当然不限于以上四位，比如阿拉伯文教授冯·素顿（VonSoden），英文教授勒德（Roeder）和怀尔德（Wilde），哲学教授海泽（Heyse），艺术史教授菲茨图姆（Vitzthum）侯爵，德文教授麦伊（May），伊朗语教授欣茨（HinZ）等等，我都听过课或有过来往，他们待我亲切和蔼，我都永远不会忘记。我在这里就不一一叙述了。

反希特勒的人们

出国前夕，清华的一位老师告诫我说，德国是法西斯专政的国家，一定要谨言慎行。对政治不要随便发表意见。

这些语重心长的话，我忆念不忘。

到了德国以后，排犹高潮已经接近尾声。老百姓绝大多数拥护希特勒，至少表面上是这样。我看不出压迫老百姓的情况。舆论当然是统一的，“万众一心”。这不一定就是钳制的结果，老百姓有的是清清楚楚地拥护这一套，有的是糊里糊涂地拥护这一套，总之是拥护的。我认识一个德国女孩子，她甚至想同希特勒生一个孩子。这是一个极端的例子，这话恐怕是出自内心的，但是不见得人人都是如此。至于德国人心里究竟是怎么想的，我这局外人就无从说起了。

希特勒的内政外交，我们可以存而不论，但是他那一套诬蔑中国人的理论，我们却不应该置之不理。他说，世界上只有他们所谓的“北方人”是文明的创造者，而中国人等则是文明的破坏者。这种胡说八道的谬论，引起了中国留学生极大的愤怒。但是，我们是寄人篱下，只是敢怒而不敢言了。

在我认识的德国人中间，确实也有激烈地反对希特勒的人。不过人数极少极少，而且为了自己的安全起见，都隐忍不露。我同德国人在一起，不管是多么要好的朋友，我都严守“莫谈国是”的座右铭。日子一久，他们也都看出了这一点。有的就主动跟我谈希特勒，先是谈，后是骂，最后是破口大骂。给我印象最深的是一个退休的法官，岁数比我大一倍还要多。我原来并不认识他，是一个中国学生先认识的。这位中国学生来历诡秘，看来像是蓝衣社之类，我们都不大乐意同他往来。但他却认识了这样一个反希特勒的法官。他的主子是崇拜希特勒的，从这一点来看，他实在是一个“不肖”之徒。不管怎样，我们也就认识了这一位退休法官。希特勒的所作所为，他无不激烈反对。我没到他家里去过，他好像是一个孤苦伶仃的老汉。只有同我们在一起时，才敢讲几句心里话，发泄一下满腹的牢骚。我看，这就成了这一位表情严肃的老人的最大乐趣了。

另外一个反希特勒的德国朋友，是一位大学医科的学生。我原来也并不认识他，是龙丕炎先认识的。他年纪还轻，不过二十来岁，同我自己差不多。同那位法官正相反，他热情洋溢，精力充沛，黑头发，黑眉毛，透露出机警聪明。他的家世我也不清楚，我也不清楚他反对希特勒的背景。“反对希魔同路人，相逢何必曾相识。”有了这一条，我们就走到一起来了。

在德国人民中，在大学的圈子里，反对希特勒的人一定还有，但是绝不会太多。一般说起来，德国人在政治上并不敏感，而且有点儿迟钝。能认识这两个人，也就很不错了，我也很满意了。我们几个常在一起的中国学生，不常同他们往来。有时候，在星期天，我们相约到山上林中去散步。我们是醉翁之意不在酒，他们大概也一样。记得有几次在春天，风和日丽，林泛新绿，鸟语花香，寂静无人，我们坐在长椅上，在骀荡的春风中，大骂希特勒，也确实是人生一乐。林深人稀，不怕有人偷听，每个人都敢于放言高论，胸中郁垒，一朝涤尽。此时，虽然身边眼前美景如画，我们都视而不见了。

现在，法官恐怕早已逝世。从年龄上来看，医科学生还应活着。但是，哥城一别，从未通过音问，他的情况我完全茫然。可是我有时还会想到这一位异邦的朋友。人世变幻，盛会难再，不禁惘然了。

我的女房东

我在上面已经多次谈到我的女房东欧朴尔太太。

我在这里还要再集中来谈。

我不能不谈她。

我们共同生活了整整十年，共过安乐，也共过患难。在这漫长的时间内，她为我操了不知多少心，她确实像自己的母亲一样。回忆起她来，就像回忆一个甜美的梦。

她是一个平平常常的德国妇女。我初到的时候，她大概已有五十岁了，比我大二十五六岁。她没有多少惹人注意的特点，相貌平平常常，衣着平平常常，谈吐平平常常，爱好平平常常，总之是一个非常平常的人。

然而，同她相处的时间越久，便越觉得她在平常中有不平常的地方：她老实，她诚恳，她善良，她和蔼，她不会吹嘘，她不会撒谎。她也有一些小小的偏见与固执，但这些也都是平平常常的，没有什么越轨的地方；这只能增加她的人情味，而绝不能相反。同她相处，不必费心机，设提防，一切都自自然然，使人如处和暖的春风中。

她的生活是十分单调的，平凡的。她的天地实际上就只有她的家庭。中国有一句话说：妇女围着锅台转。德国没有什么锅台，只有煤气灶或电气灶。我的女房东也就是围着这样的灶转。每天一起床，先做早点，给她丈夫一份，给我一份。然后就是无尽无休地擦地板，擦楼道，擦大门外面马路旁边的人行道。地板和楼道天天打蜡，打磨得油光锃亮。楼门外的人行道，不光是扫，而且是用肥皂水洗。人坐在地上，绝不会沾上半点儿尘土。德国人爱清洁，闻名全球。德文里面有一个词儿Putzteufel，指打扫房间的洁癖，或有这样洁癖的女人。Teufel的意思是“魔鬼”，Putz的意思是“打扫”。别的语言中好像没有完全相当的字。我看，我的女房东，同许多德国妇女一样，就是一个不折不扣的“清扫魔鬼”。

我在生活方面所有的需要，她一手包下来了。德国人生活习惯同中国人不同。早晨起床后，吃早点，然后去上班；十一点左右，吃自己带去的一片黄油夹香肠或奶酪的面包；下午一点左右吃午饭。这是一天的主餐，吃的都是热汤热菜，主食是土豆。下午四点左右，喝一次茶，吃点儿饼干之类的东西。晚上七时左右吃晚饭，泡一壶茶或者咖啡，吃凉面包、香肠、火腿、干奶酪等等。我是一个年轻的穷学生，一无时间，二无钱来摆这个谱儿。我还是中国老习惯，一日三餐。早点在家里吃，一壶茶，两片面包。午饭在外面馆子里或学生食堂里吃，都是热东西。晚上回家，女房东把他们中午吃的热餐给我留下一份。因此，我的晚餐也都是热汤热菜，同德国人不一样，这基本上是中国办法。这都是女房东在了解了中国人的吃饭习惯之后精心安排的。我每天在研究所里工作了一整天之后，回到家来，能够吃上一顿热乎乎的晚饭，心里当然是美滋滋的。对女房东这番情意，我是由衷地感激的。

晚饭以后，我就在家里工作。到了晚上十点左右，女房东进屋来，把我的被子铺好，把被罩拿下来，放到沙发上。这工作其实是非常简单的，我自己尽可以做。但是，女房东却非做不可，当年她儿子住这一间屋子时，她就是天天这样做的。铺好床以后，她就站在那里，同我闲聊。她把一天的经历，原原本本、详详细细地向我“汇报”。她见了什么人，买了什么东西，碰到了什么事情，到过什么地方，一一细说，有时还绘声绘形，说得眉飞色舞。我无话可答，只能洗耳恭听。她的一些婆婆妈妈的事情，我并不感兴趣。但是，我初到德国时，听说德语的能力都不强。每天晚上上半小时的“听力课”，对我大有帮助。我的女房东实际上成了我的不收费的义务教员。这一点我从来没有对她说，她也永远不会懂的。“汇报”完了以后，照例说一句：“夜安！祝你愉快地安眠！”我也说同样的话，然后她退出，回到自己的房间里。我把皮鞋放在门外，明天早晨，她把鞋擦亮。我这一天的活动就算结束了，上床睡觉。

其余许多杂活，比如说洗衣服、洗床单、准备洗澡水等等，无不由女房东去干。德国被子是鸭绒的，鸭绒没有被固定起来，在被套里面享有绝对的自由活动的权利。我初到德国时，很不习惯，睡下以后，在梦中翻两次身，鸭绒就都活动到被套的一边去，这里绒毛堆积如山，而另一边则只剩下两层薄布，当然就不能御寒，我往往被冻醒。我向女房东一讲，她笑得眼睛里直流泪。她于是细心教我使用鸭绒被的方法。我就像一个小孩子一样，在她的照顾下愉快地生活。

她的家庭看来是非常和睦的，丈夫忠厚老实，一个独生子不在家，老夫妇俩对儿子爱如掌上明珠。我记得，有一段时间，老头月月购买哥廷根的面包和香肠，打起包裹，送到邮局，寄给在达姆施塔特（Darmstadt）高工念书的儿子。老头腿有点儿毛病，走路一瘸一拐，很不灵便；虽然拿着手杖，仍然非常吃力。可他不辞辛劳，月月如此。后来老夫妇俩出去度假，顺便去看儿子。到儿子的住处大学生宿舍里去，一瞥间，他们看到老头千辛万苦寄来的面包和香肠，却发了霉，干瘪瘪地躺在桌子下面。老头怎样想，不得而知。老太太回家后，在晚上向我“汇报”时，絮絮叨叨地讲到这件事，说她大为吃惊。但是，奇怪的是，老头还是照样拖着两条沉重的腿，把面包和香肠寄走。我不禁想到，“可怜天下父母心”，古今中外之所同。然而儿女对待父母的态度，东西方却不大相同了。章太太的男房东可以为证。我并不提倡愚忠愚孝，但是，即使把父母与子女之间的关系，化为一般人与人之间的关系，像房东儿子的做法不也是有点儿过分了吗？

女房东心里也是有不平的。

儿子结了婚，住在外城，生了一个小孙女。有一次，全家回家来探望父母。儿媳长得非常漂亮，衣着也十分摩登。但是，女房东对她好像并不热情，对小孙女也并不宠爱。儿媳是年轻人，对好多事情有点儿马大哈，从中也可以看出德国两代人之间的“代沟”。有一天，儿媳使用手纸过多，把马桶给堵塞了。老太太非常不满意，拉着我到卫生间指给我看。脸上露出了许多怪物相，有愤怒，有轻蔑，有不满，有憎怨。此事她当然不能对儿子讲，连丈夫大概也没有敢讲，茫茫宇宙间她只有对我一个人诉说不平了。

女房东也是有偏见的。

关于戴帽子的偏见，我在前面已经谈过了，这里不再重复。她的偏见不只限于这一点，而且最突出的也不是这一件事。最突出的是宗教偏见。她自己信奉的是耶稣教，对天主教怀有莫名其妙的刻骨的仇恨。欧洲耶稣基督教新旧两派之间的偏见也异常突出。我的女房东没有很高的文化，她的偏见也因而更固执。但她偏偏碰到一个天主教的好人。女房东每个月要雇人洗一次衣服、床单等，承担这项工作的是一个天主教的老处女，年纪比女房东还要大，有六十多岁了。她没有财产，没有职业，就靠帮人洗衣服为生。人非常老实，一天说不了几句话。却是一个十分虔诚的信徒，每月的收入，除了维持极其简朴的生活以外，全都交给教堂。她大概希望百年之后能够在虚无缥缈的天堂里占一个角落吧。女房东经常对我说："特雷莎（Therese）忠诚得像黄金一样。"特雷莎是她的名字。但是，忠诚归忠诚，一提到宗教，女房东就愤愤不平。晚上向我"汇报"时，对她也时有微词，具体的例子却从来没有听说过。

我的女房东就是这样一个有不平、有偏见、有自己的与宇宙大局世界大局和国家大局无关的小忧愁、小烦恼，有这样那样的特点的平平常常的人；却是一个心地善良、厚道、不会玩弄任何花招的平常人。

她的一生也是颇为坎坷的，走的并非都是阳关大道。据她自己说，第一次世界大战前，德国人家里普遍都有金子，她家里也一样。大战一结束，德国发了疯似的通货膨胀，把她的一点点黄金都膨胀光了，成了无金阶级。到了第二次世界大战，她只是靠工资过日子。她对政治不感兴趣，她从来不赞扬希特勒，当然更不懂去反对他。由于种族偏见，犹太人她是反对的，但也说不上是"积极分子"，只是随大流而已。她在乡下没有关系户，食品同我一样短缺。在大战期间，她丈夫饿得从一个大胖子变成一个瘦子，终于离开了人世。老两口一生和睦相处，我从来没有听到他们俩拌过嘴，吵过架。老头一死，只剩下她孤零一人。儿子极少回来，屋子里空荡荡的。她心里是什么滋味，我不知道。从表面上来看，她只能同我这一个异邦的青年相依为命了。

战争到了接近尾声的时候，日子越来越难过。不但食品短缺，连燃料也无法弄到。哥廷根市政府俯顺民情，决定让居民到山上去砍伐树木。在这里也可以看到德国人办事之细致、之有条不紊、之遵守法纪。政府工作人员在茫茫的林海中划出了一个可以砍伐的地区，把区内的树逐一检查，可以砍伐者画上红圈。砍伐没有红圈的树，要受到处罚。女房东家里没有劳动力，我当然当仁不让，陪她上山，砍了一天树，运下山来，运到一个木匠家里，用机器截成短段，然后运回家来，贮存在地下室里，供取暖之用。由于那一个木匠态度非常坏，我看不下去，同他吵了一架。他过后到我家来，表示歉意。我觉得这不过是小事一端，一笑置之而已。

我的女房东是一个平常人，当然不能免俗。当年德国社会中非常重视学衔，说话必须称呼对方的头衔。对方是教授，必须呼之为“教授先生”；对方是博士，必须呼之为“博士先生”。不这样，就显得有点儿不礼貌。女房东当然不会是例外。我通过了博士口试以后，当天晚上“汇报”时，她突然笑着问我：“我从今以后是不是要叫你‘博士先生’？”我真是大吃一惊，这是我万万没有想到的。我连忙说：“完全没有必要！”她也不再坚持，仍然照旧叫我“季先生”我称她为“欧朴尔太太”，相安无事。

一想到我的母亲般的女房东，我就回忆联翩。在漫长的十年中，我们晨夕相处，从来没有任何矛盾。值得回忆的事情实在太多太多了，即使回忆困难时期的情景，这回忆也仍然是甜蜜的。这些回忆一时是写不完的，因此我也就不再写下去了。

离开德国以后，在瑞士停留期间，我曾给女房东写过几次信。回国以后，在北平，我费了千辛万苦，弄到了一罐美国咖啡，大喜若狂。我知道，她同许多德国人一样，嗜咖啡若命。我连忙跑到邮局，把邮包寄走，期望它能越过千山万水，送到老太太手中，让她在孤苦伶仃的生活中获得一点儿喜悦。我不记得收到了她的回信。到了 50 年代，“海外关系”成了十分危险的东西。我再也不敢写信给她，从此便云天渺茫，互不相闻。正如杜甫所说的“明日隔山岳，世事两茫茫”了。

1983 年，在离开哥廷根将近四十年之后，我又回到了我的第二故乡。我特意挤出时间，到我的故居去看了看。房子整洁如故，四十年漫长岁月的痕迹一点儿也看不出来。我走上三楼，我的住房门外的铜牌上已经换了名字。我也无从打听女房东的下落，她恐怕早已离开了人世，同她丈夫一起，静卧在公墓的一个角落里。我回首前尘，百感交集。人生本来就是这样，我有什么办法呢？我只有虔心祷祝她那在天之灵——如果有的话——永远安息。

伯恩克（Boehncke）一家

讲到反对希特勒的人，我不禁想到伯恩克一家。

所谓一家，只有母女二人。我先认识伯恩克小姐。原来我们可以算是同学，她年龄比我大几岁，是学习斯拉夫语言学的。斯拉夫语研究所也在高斯－韦伯楼里面，同梵文研究所共占一层楼。一走进二楼大房间的门，中间是伊朗语研究所，向左转是梵文研究所，向右转是斯拉夫语研究所。我天天到研究所来，伯恩克小姐虽然不是天天来，但也常来。我们共同跟冯·格林博士学俄文，因此就认识了。她有时请我到她家里去吃茶。我也介绍了张维和陆士嘉同她认识。她家里只有一个老母亲。父亲已经去世，据说生前是一个什么学的教授，在德国属于高薪阶层。因此经济情况是相当好的，自己住一层楼，家里摆设既富丽堂皇，又古色古香。风闻伯恩克小姐的父亲是四分之一或六分之一犹太人，已经越过了被屠杀被迫害的临界线，所以才能安然住下去。但是，既然有这样一层瓜葛，她们对希特勒抱有强烈的反感，这也就成了我们能谈得来的基础。

伯恩克小姐是高才生，会的语言很多。专就斯拉夫语而言，她就会俄文、捷克文、南斯拉夫文等等。这是她的主系，并不令人吃惊。至于她的两个副系是什么，我忘记了，也许当时就不知道，总之是说不出来了。她比我高几年，学习又非常优秀；因为是女孩子，没有被征从军。对她来说，才能和时间都是绰绰有余的。但是到了我通过博士口试时，她依然是一个大学生。以她的才华和勤奋，似乎不应该这样子。然而竟是这样子，个中隐秘我不清楚。

这位小姐长得不是太美，脾气大概有点儿孤高。因此，同她来往的人非常少。她早过了及笄之年，从来不见她有过男朋友，她自己也似乎不以为意。母女二人，形影相依，感情极其深厚诚挚。有一次，我在山上林中，看到她母女二人散步，我顿悟了一层道理。“散步”这两个字似乎只适用于中国人，对德国人则完全不适用。只见她们母女二人并肩站定，母右女左，挽起胳膊，然后同出左脚，好像是在演兵场上，有无形的人喊着口令，步伐整齐，不容紊乱，目光直视，唰唰唰地走上前去，速度是竞走的速度，只听得脚下鞋声击地，转瞬就消逝在密林深处了。这同中国人的悠闲自在、慢慢腾腾简直是风马牛不相及。其中乐趣我百思不解，只能怪我自己缘分太浅了。

这个问题先存而不论。我们认识了以后，除了在研究所见面外，伯恩克小姐也间或约我同张维夫妇到她家去吃茶吃饭。她母亲个儿不高，满面慈祥，谈吐风雅，雍容大方，看来她是有很高的文化素养的。欧洲古典文化，无论是音乐、绘画，还是文学、艺术，老太太样样精通，谈起来头头是道，娓娓动听，令人怡情增兴，乐此不疲。下厨房做饭，老太太也是行家里手。小姐只能在旁边端端盘子，打打下手。当时正是食品极端缺少的时期，有人请客都自带粮票。即使是这样，“巧妇难为无米之炊”，请一次客，自己也得节省几天，让本来已经饥饿的肚子再加码忍受更难忍的饥饿。这一位老太太就是在这样的情况下，亲手烹制出一桌颇为像样子的饭菜的。她简直像是玩魔术，变戏法。我们简直都成了神话中人，坐在桌旁，一恍惚，热气腾腾的美味佳肴已经整整齐齐地摆在桌子上。大家可以想象，我们这几个沦入饥饿地狱里的饿鬼，是如何地狼吞虎咽了。这一餐饭就成了我毕生难忘的一餐。

但是，我认为，最让我兴奋狂喜的还不是精美的饭菜，而是开怀畅谈，共同痛骂希特勒等法西斯头子。她们母女二人对法西斯的一切倒行逆施，无不痛恨。正如我在上面讲到的那样，有这种想法的德国人，只能忍气吞声，把自己的想法深埋在心里，绝不敢随意暴露。但是，一旦同我们在一起，她们就能够畅所欲言，一吐为快了。当时的日子，确实是非常难过的。张维、陆士嘉和我，我们几个中国人，除了忍受德国人普遍必须忍受的一切灾难之外，还有更多的灾难，我们还有家国之思。我们远处异域，生命朝不保夕。英美的飞机说不定什么时候一高兴下蛋，落在我们头上，则必将去见上帝或者阎王爷。肚子里饥肠辘辘，生命又没有安全感。我们虽然还不至于“此中日夕只以眼泪洗面”，但是精神绝不会愉快，是可想而知的。在这样的情况下，只有到了伯恩克家里，我才能暂时忘忧，仿佛找到了一个沙漠绿洲，一个安全岛，一个桃花源，一个避秦乡。因此，我们往往不顾外面响起的空袭警报，尽兴畅谈，忘记了时间的流逝，一直谈到深夜，才蓦地想起：应该回家了。一走出大门，外面漆黑一团，寂静无声，抬眼四望，不见半缕灯光，宇宙间仿佛只剩下我一个人，我一个人仿佛变成了我佛如来，承担人世间所有的灾难。

我离开德国以后，在瑞士时，曾给她母女二人写过一封信。回国以后，没有再联系。前些日子，见到张维，他告诉我说，他同她们经常有联系。后来伯恩克小姐嫁了一个瑞典人，母女搬到北欧去住。母亲九十多岁去世，女儿仍在瑞典。今生还能见到她吗？希望可以说是微乎其微了。悲夫！

迈耶（Meyer）一家

迈耶一家同我住在一条街上，相距不远。我现在已经记不清楚，我是怎样认识他们的。可能是由于田德望住在那里，我去看田，从而就认识了。田走后，又有中国留学生住在那里，三来两往，就成了熟人。

他们家有老夫妇俩和两个如花似玉的女儿。老头同我的男房东欧朴尔先生非常相像，两个人原来都是大胖子，后来饿瘦了。脾气简直是一模一样，老实巴交，不会说话，也很少说话。在人多的时候，呆坐在旁边，一言不发，脸上却总是挂着憨厚的微笑。这样的人，一看就知道，他绝不会撒谎、骗人。他也是一个小职员，天天忙着上班、干活。后来退休了，整天待在家里，不大出来活动。家庭中执掌大权的是他的太太。她同我的女房东年龄差不多，但是言谈举动，两人却不大一样。迈耶太太似乎更活泼，更能说会道，更善于应对进退，更擅长交际。据我所知，她待中国学生也是非常友好的。住在她家里的中国学生同她关系都处得非常好。她也是一个典型的德国妇女，家庭中一切杂活她都包了下来。她给中国学生做的事情，同我的女房东一模一样。我每次到她家去，总看到她忙忙碌碌，里里外外，连轴转。但她总是喜笑颜开，我从来没有看到她愁眉苦脸过。他们家是一个非常愉快美满的家庭。

我同他们家来往比较多，还有另外一个原因。在我写作博士论文的那几年中，我用德文写成稿子，在送给教授看之前，必须用打字机打成清稿；而我自己既没有打字机，也不会打字。因为屡次修改，打字量是非常大的。适逢迈耶家的大小姐伊姆加德（Irmgard）能打字，又自己有打字机，而且她还愿意帮我打。于是，有很长的一段时间，我几乎天天晚上到她家去。因为原稿改得太乱，而且论文内容稀奇古怪，对伊姆加德来说，简直像天书一般。因此，她打字时，我必须坐在旁边，以备咨询。这样往往工作到深夜，我才摸黑回家。

我考试完结以后，打论文的任务完全结束了。但是，在我仍然留在德国的四五年间，我自己又写了几篇论文，所以一直到我 1945 年离开德国时，还经常到伊姆加德家里去打字。她家里有什么喜庆日子，招待客人吃点心，吃茶，我必被邀请参加。特别是在她生日的那一天，我一定去祝贺。她母亲安排座位时，总让我坐在她旁边。此时，留在哥廷根的中国学生越来越少。以前星期日总在席勒草坪会面的几个好友都已走了。我一个人形单影只，寂寞之感，时来袭人。我也乐得到迈耶家去享受一点儿友情之乐，在战争喧闹声中，寻得一点儿清静。这在当时是非常难能可贵的。至今记忆犹新，恍如昨日。

在这样的情况下，我离开迈耶一家，离开伊姆加德，心里是什么滋味，完全可以想象。1945 年 9 月 24 日，我在日记里写道：

吃过晚饭，七点半到 Meyer 家去，同 Irmgard 打字。她劝我不要离开德国。她今天晚上特别活泼可爱。我真有点舍不得离开她。但又有什么办法？像我这样一个人不配爱她这样一个美丽的女孩子。

同年 10 月 2 日，在我离开哥廷根的前四天，我在日记里写道：

回到家来，吃过午饭，校阅稿子。三点到 Meyer 家，把稿子打完。Irmgard 只是依依不舍，令我不知怎样好。

日记是当时的真实记录，不是我今天的回想；是代表我当时的感情，不是今天的感情。我就是怀着这样的感情离开迈耶一家，离开伊姆加德的。到了瑞士，我同她通过几次信，回国以后，就断了音讯。说我不想她，那不是真话。1983 年，我回到哥廷根时，曾打听过她，当然是杳如黄鹤。如果她还留在人间的话，恐怕也将近古稀之年了。而今我已垂垂老矣。世界上还能想到她的人恐怕不会太多。等到我不能想到她的时候，世界上能想到她的人，恐怕就没有了。

盟　国

专就我个人以及其他中国留学生而论，我们是应该大大地庆祝一番的。我们从一些没有国籍的“流浪汉”一变而为胜利者盟国的一分子，地位真有天壤之别了。中国古人常以“阶下囚”和“座上客”来比喻这种情况。德国人从来没有把我当作阶下囚来对待，但是座上客现在我却真正变成了。

美国人进城以后不久，我就同张维找到了美国驻军的一个头头，大概是一个校官。我们亮出了我们的身份，立即受到了很好的招待。他同我们素昧平生，一无档案，二无线索。但是他异常和气，只简单地问了几句话，马上拿过来一张纸，唰唰唰大笔一挥，说明我们是 DP（Displaced Person 即由于战争、政治迫害等被迫离开本国的人）。这当然不是事实，我们一进门就告诉他，我们是留学生，这一点他是清楚的。但是在他的笔下，我们却一变而成为 DP。他的用意何在，我们不清楚，我们也没有进行争辩。他叫我们拿着这一张条去找一个法国战俘的头。我们最初根本不知道这葫芦里卖的是什么药，遵命去了。原来那是一个法国战俘聚居的地方。说老实话，我过去在哥廷根还从来没有注意到有法国战俘。我曾在大街上看到很多走来走去的俄国和波兰俘虏。这些人因为无衣可换，都仍然穿着各自的已经又脏又破的制服，所以一看便知。现在忽然出现了这样多的法国兵，实在出乎我的意料。要去探讨研究，我没有那个兴趣和时间，看来也无此必要。反正那个法国俘虏兵的头头连说加比画，用法语告诉我们，以后每天可以到那里去领牛肉。这一举动又出乎我的意料，但是心里是高兴的。当年孔子在齐闻韶，三月不知肉味。我现在在德国只闻机声，大概有三年不知肉味了。如今竟然从天上掉下来了新鲜牛肉，可以大快朵颐，焉得不喜！

但是，就是每天去领牛肉这样一个极其简单的活动，有时候也出点儿小的“花絮”。有一天我去领肉，领完要走，那一个头头样子的法国兵忽然对我说：Demain deux jours（明日，两天）。

我好久没有听人说法语了，一时如丈二和尚，摸不着头脑，瞪大了眼睛，不了解他的意思。那个法国兵又重复说这三个字，口讲指画，显得有点儿着急。不知道从哪里来的灵感，我一下子明白过来了：明天来领两天的牛肉。我于是也用法语重复他的话，说了三个字：Demain deux jours.

法国兵大笑不止，我拿着牛肉离开时，他还对我说了声 Aux revoir（再见），皆大欢喜。

对当时的德国老百姓来说，鲜牛肉简直如宝贝一般。我的女房东也不例外。我一生没有独自吃喝不管别人的习惯。何况是对我那母亲一般的女房东。眼前夫丧子离，只有她孤身一人。我每天领来了牛肉，都由她来烹调。烹调完了，我们就共同享受。就这样过了一段颇为美好的日子。我同张维还拿着那张条子，到哥廷根市政府一个什么机构，领了一张照顾中国人饮食习惯特批大米的条子。从此以后，有吃又有喝，真正成为座上客了。

优胜记略

日子过得还不就这样平淡。借用鲁迅《阿Q正传》中的一个提法，我们也还有“优胜记略”。“我们”指的仍然是张维和我。

有一天，不知从哪里传来了消息说，车站附近有一个美军进城时侥幸逃脱轰炸的德军罐头食品存贮仓库，里面堆满了牛肉和白糖罐头。现在被打开了，法国俘虏兵在里面忙活着，不知道要干什么。为了满足好奇心，我同张维就赶到那里，想看个究竟。从远处就看到仓库大门外挤满了德国人，男女老幼都有。大门敞开着，有法国兵把守，没有哪个德国人敢向前走一步，只是站在那里围观，好像赶集一样。

我们俩走了走，瞅了瞅，前门实在是无隙可乘，便绕到了后门来。这里冷冷清清，一个人都没有。围墙非常低，还有缺口。我们一点儿也没犹豫，立即翻身过墙，走到院子里。里面库房林立，大都是平房，看样子像是临时修筑的简易房子，不准备长期使用的。院子里到处都撒满了大米、白糖。据说，在美国兵进城时，俄国和波兰的俘虏兵在这里曾抢掠过一次，米和糖就是他们撒的。现在是美国当局派法国兵来整顿秩序，制止俄波大兵的抢劫。我们在院子里遇到了一个法国人，他领我们上楼去，楼梯上也是白花花一片，不知是盐是糖。他领我们到一间存放牛肉罐头的屋子里，里面罐头堆得像山一般。我们大喜过望。进去以后我正准备往带来的皮包里面装的时候，忽然来了一个穿着破烂军服的法国兵。他问我是干什么的，我连忙拿出随身携带的护照，递给他看。他翻看了一下护照，翻到有法文的那一页，忽然发现没有我的签字，好像捞到了稻草，瞪大了眼睛质问我。我翻到有英文的那一页，我的签名赫然具在，指给他看。他大概只懂法文，可是看到了我的签名，也就无话可说，把护照退还给我，示意我愿意拿什么，就拿什么；愿意拿多少，就拿多少，望望然而去之。我如释重负，把皮包塞满，怀里又抱满，跳出栅栏，走回家去。天热，路远，皮包又重，怀里抱着那些罐头，又不听调度，左滚右动。到家以后，已经汗流浃背了。

只是到了此时，我在喘息之余，才有余裕来检阅自己的战利品。我发现，抱回来的十几二十个罐头中，牛肉罐头居多数，也有一些白糖罐头。牛肉当然极佳，白糖亦殊不劣，在饥饿地狱里待久了的人，对他们来说，这一些无疑都是仙药醍醐，而且都是于无意中得之，其快乐概可想见了。我把这些东西分了分，女房东当然有一份，这不在话下。我的老师们和熟人都送去一份。在当时的条件下，这简直比雪中送炭还要得人心，真是皆大欢喜了。

但是，我自己事后回想起来，却有一股抑制不住的后怕。在当时兵慌马乱、哥廷根根本没有政权的情况下，一切法律俱缺，一切道德准绳全无，我们贸然闯进令人羡煞的牛肉林中，法国兵手里是有枪的，我们懵然、木然，而他们却是清醒的。说不定哪一个兵一时心血来潮，一扳枪机，开上一枪，则后果如何不是一清二楚吗？我又焉得不后怕呢？

我的“优胜记略”就是如此。但愿这是我一生中唯一的一次，也是最后的一次。

留在德国的中国人

战争结束了，“座上客”当上了，苦难到头了，回国有望了，好像阴暗的天空里突然露出来了几缕阳光。

我们在哥廷根的中国留学生，商议了一下，决定到瑞士去，然后从那里回国。当时这是唯一的一条通向祖国的道路。

哥廷根是一座小城，中国留学生人数从来没有多过。有一段时间，好像只有我一个人，置身日耳曼人中间，连自己的黄皮肤都忘记了。战争爆发以后，那些大城被轰炸得很厉害，陆续有几个中国学生来到这里，实际上是来避难的。各人学的科目不同，兴趣爱好不同，合得来的就来往，不然就各扫门前雪，间或一聚而已。在这些人中，我同张维、陆士嘉夫妇以及刘先志、滕藐君夫妇，最合得来，来往最多。商议一同到瑞士去的也就是我们几个人。

留下的几位中国学生，我同他们都不是很熟。有姓黄的学物理的两兄弟，是江西老表。还有姓程的也是学自然科学的两兄弟，好像是四川人。此外还有一个姓张的神秘人物。此人从来也不是什么念书的人，我们都没有到他家里去过，不知道每天他的日子是怎样打发的。这几个人为什么还留下不走，我们从来也没有打听过。反正各有各的主意，各有各的想法，局外人是无须过问的。我们总之是要走了。我把我汉文讲师的位置让给了姓黄的哥哥。从此以后，同留在哥廷根的中国人再没有任何联系，“明日隔山岳，世事两茫茫”了。

我在这里又想到了哥廷根城以外的那一些中国人，不是留学生，而是一些小商贩，统称之为“青田商人”。顾名思义，就可以知道，他们是浙江青田人。浙江青田人是怎样来到德国、来到欧洲的呢？我没有研究过他们的历史，只听说他们背后有一段苦难的历程。他们是刘伯温的老乡，可惜这一位上知天文下知地理神机妙算的半仙之人，没有想到青田这地方的风水竟是如此不佳。在旧社会的水深火热中土地所出养不活这里的人，人们被迫外出逃荒，背上一袋青田石雕刻的什么东西，沿途叫卖，有的竟横穿中国大地，经过中亚，走到西亚，然后转入欧洲。行程数万里，历经无数国家。当年这样来的华人，是要靠“重译”的。我们的青田老乡走这一条路，不知要吃多少苦头，经多少磨难。我实在说不出，甚至也想象不出。有的走海路，为了节省船费，让商人把自己锁在货箱里，再买通点儿关节，在大海中航行时，夜里偷偷打开，送点儿水和干粮，解解大小便，然后再锁起来。到了欧洲的马赛或什么地方登岸时，打开箱子，有的已经变成一具尸体。这是多么可怕可悲的情景！这一些幸存者到了目的地，就沿街叫卖，卖一些小东西，如领带之类，诡称是中国丝绸制成的。他们靠我们祖先能织绸的威名，糊口度日，虽然领带上明明写着欧洲厂家的名字。他们一无护照，二无人保护。转徙欧洲各国，弄到什么护照，就叫护照上写的名字。所以他们往往是今天姓张，明天姓王；居无定处，行无定名。这护照是世袭的，一个人走了或者死了，另一个人就继承。在欧洲穿越国境时，也不走海关，随便找一条小路穿过，据说也有被边防兵开枪打死的。这样辛辛苦苦，积攒下一点儿钱，想方设法，带回青田老家。这些人誓死不忘故国，在欧洲同吉卜赛人并驾齐驱。

我原来并不认识青田商人，只是常常听人谈到而已。可是有一天，我忽然接到附近一座较大的城市卡塞尔地方法院的一个通知，命令我于某月某日某时，到法院里出庭当翻译。不去，则课以罚款一百马克；去，则奖以翻译费五十马克。我啼笑皆非。然而我知道，德国人是很认真守法的，只好遵命前往。到了才知道，被告就是青田商人。在法庭上，也须“重译”才行。被告不但不会说德国话，连中国普通话也不会说。于是又从他们中选出了一位能说普通话的，形成了一个翻译班子，审问才得以顺利进行。其实也没有什么了不起的事。这一位被告沿街叫卖，违反了德国规定。在货色和价钱方面又做了些手脚，一些德国爱管闲事的太太向法院告了状。有几个原告出了庭，指明了时间和地点，并且一致认为是那个人干的。那个人矢口否认，振振有词，说在德国人眼里，中国人长得都一样，有什么证据说一定是他呢？几个法官大眼瞪小眼，无词以对，扯了几句淡，就宣布退庭。一位警察告诉我说："你们这些老乡真让我们伤脑筋，我们真拿他们没有办法。我们是睁一只眼闭一只眼，没有人来告，我们就听之任之了，反正没有什么了不起的事。"我同他开玩笑，劝他两只眼都闭上。他听了大笑，同我握手而别。

我口袋里揣上了五十马克，被一群青田商人簇拥着到了他们的住处。这是一间大房子，七八个人住在里面，基本都是地铺，谈不到什么设备，卫生条件更说不上，生活是非常简陋的。中国留学生一般都瞧不起他们，大使馆他们更视为一个衙门，除非万不得已，绝不沾边。今天竟然有我这样一个留学生，而且还是大学里的讲师，忽然光临，他们简直像捧到一个金凤凰，热情地招待我吃饭。我推辞了几次，想走，但是被他们的热情感动，只好留下。他们拿出了面包和酒，还有不知从哪里弄来的猪蹄子，用中国办法煨得稀烂，香气四溢。我已经几个月不知肉味了，开怀饱餐了一顿。他们绝口不谈法庭上的事。我偶一问到，他们说，这都是家常便饭，小事一端。同他们德国人还能说实话吗？我听了，心里不知是什么滋味。这一批青田商人背井离乡，在异域奔波，不知道有多少危险，有多少困难，辛辛苦苦弄点儿钱寄回家去。不少人客死异乡，即使幸存下来，也是十年八年甚至几十年回不了家。他们基本上都不识字，我没有办法同他们交流感情。看了他们木然又欣然的情景，我直想流泪。

这样见过一次面，真如萍水相逢，他们却把我当成了朋友。我回到哥廷根以后，常常接到他们寄来的东西。有一年，大概是在圣诞节前，他们从汉堡给我寄来了五十条高级领带。这玩意儿容易处理：分送师友。又有一年，仍然是在圣诞节前，他们给我寄来了一大桶豆腐。在德国，只有汉堡有华人做豆腐。对欧洲人来说，豆腐是极为新奇的东西。嗜之者以为天下之绝，陌生者以为稀奇古怪。这一大桶豆腐落在我手里，真让我犯了难。一个人吃不了，而且我基本上不会烹调；送给别人，还需先做长篇大论的宣传鼓动工作，否则他们硬是不敢吃。处理的细节，我现在已经忘记了。总之，我对我这些淳朴温良又有点儿天真幼稚的青田朋友是非常感激的。

我上面已经说过，这些人的姓名是糊里糊涂的。我认识的几个人，我都不知道他们的真实姓名。姓名的更改完全以手中的那一份颇有问题的护照为转移。如今我要离开德国了，要离开他们了，不知道有多少老师好友需要我去回忆，我的记忆里塞得满满的，简直无法再容下什么人。然而我偏偏要想到这一些流落异域受苦受难的炎黄子孙，我的一群不知姓名的朋友。第二次世界大战我不知道他们是怎样度过的。他们现在还到处漂泊吗？今生今世，我恐怕再也无法听到他们的消息了。我遥望西天，内心在剧烈地颤抖。

章用一家

我前面屡次提到章用，对他的家世也做了一点儿简要的介绍，现在集中谈他的一家。

章士钊下台以后，夫妇俩带着三个儿子，到欧洲来留学，就定居在哥廷根。后来章士钊先回国，大儿子章可转赴意大利去就学，三儿子章因到英国去念书。只有二儿子章用留在哥廷根，陪伴母亲。我到哥廷根的时候，情况就是这样，母子在这里已经住了几年了。

他们租了一层楼，是在一座小洋楼的顶层，下面两层德国房东自己住。男房东一脸横肉，从来不见笑容，是一个令人见而生厌的人。他有一个退休的老母亲，看样子有七八十岁了，老态龙钟，路都走不全，孤身一人，住在二楼的一间小房子里。母子不在一起吃饭。我拜访章用时，有时候看到她的卧室门外地上摆着一份极其粗粝的饭菜，一点儿热气都没有。用中国话说就是“连狗都不吃的”。男房东确实养着一条大狼狗。他这条狗不但不吃这样的饭，据说非吃牛肉不行。牛肉吃多了，患了胃病，还要请狗大夫会诊。有一次，老太太病了，我到章家去，一连几天，看到同一份饭摆在房门口，清冷，寂寞，在等候着老太太享用。可惜这时候她大概连床都起不来了。

这是顺便提到的闲话，还是谈主题吧。

章老太太（我同龙丕炎管她叫“章伯母”）是英国留学生，英文蛮好的。她当过孙中山的秘书，据说就是管英文的。她崇拜英国，到了五体投地的程度。英国人的傲慢与偏见，她样样俱全。对英文的崇拜，也绝不下于英国人。英国人常以英文自傲。他们认为，口叼雪茄烟而能运用自如的语言，大千世界中只有英文。因此，在西方国家中，最不肯学外国语言的人，就是英国人，而其他国家的人则必须以学习英文为神圣职责。在这方面，章伯母是一个地地道道的英国人。她来德国几年，连一句“早安”“晚安”都不会说。她每天必须出去买东西。无论有多大本领，多少偏见，她反正无法让德国店员都履行自己的神圣职责。无已，她就手持一本英德文小字典，想买什么东西，先找出英文，下面跟着就是德文，只需用手指头一指，店员就明白了。要买三个或者三斤，再伸出三个手指头。于是这一个买卖活动立即完成，不费吹灰之力，皆大欢喜。

她不肯说德国话，当然更不肯认德国字，德国的花体字母更成了她的眼中钉，这种字母与英法德等国通用的拉丁字母不同，认起来比较麻烦。法西斯锐意提倡花体字，以表示自己德意志超于一切的爱国主义。街名牌子多半改用了这种字母。因此，章伯母就遇到了更大的麻烦。再加上，她识别方向记忆街名的能力低到惊人的水平。在哥廷根住了几年，依然不辨东西南北。有几次出门，走路比较远了一点儿，结果是找不回家来。

章伯母就是这样一个人。她虽然已年逾花甲，但是却幼稚而单纯，似乎有点儿不失其赤子之心。在别的方面也有同样的表现，她出身名门大族，自己是留英学生，做过孙中山的秘书，嫁的丈夫又是北洋政府的总长，很自然地养成一种恶性发展的门第优越感。别人也许有这种优越感，但总是想方设法来掩蔽起来，也许还做出一点儿谦恭下士的伪装。章伯母不懂这一套，她认为自己是“官家”，我们都是“民家”，官民悬隔，有如天壤，泾渭分明，不容混淆。她一开口就是：“我们官家如何如何，你们民家又如何如何。”态度坦率泰然，毫不忸怩。我们听了，最初是吃一大惊，继之是觉得可笑。有时候也来点儿恶作剧，故意提高了声音说：“你们官家也是用筷子吃饭，用茶杯喝茶吗？”她丝毫也觉察不出我们的用心，继续“官家”“民家”嚷嚷不休。在这方面，她已修炼得超凡入圣，我辈凡人实在是束手无策。

她儿子章用是很聪明的人，对自己母亲这种举动当然是看不惯的。他是一个沉默寡言的人，又是一个很孝顺的人。他从不打断母亲的话。但是从他那紧蹙的眉头来看，他是很不愉快的。他经常好像是在考虑什么问题，也许是数学问题，也许是什么别的东西。平日家居，大概不大同母亲闲聊。老太太独处危楼，举目无亲，没有任何德国朋友，没有人可以说话，一定是寂寞得难以忍耐。所以一见我们这些“民家”，便喜笑颜开，嘴里连连说着：“我告诉你一件大事！”连气都喘不上来。她所说的“大事”，都是屁大的小事。她刺刺不休，话总说不完。但是她一不读书，二不看报，可谈的话题实在有限。往往是三句话过后，就谈章士钊。谈章士钊同她结婚时的情景。章士钊当了大官，但是对待妻子，总以西方礼节为准。上汽车给她开车门，走路挽着她的胳臂，而且满嘴喊 Darling（亲爱的）不止。她自己如坐云端，认为自己是普天之下最幸福的妇女。但是，天有不测风云，有一天，她忽然发现真实情况完全不是这个样子。于是立刻从九天之上的云端坠了下来。适逢章士钊也下了台，于是夫妇同儿子们来到了哥廷根。

她谈的有关章士钊的情况，远远不止这一点。为了为贤者讳，我在这里就讲这一些。在将近二年的时间内，她讲丈夫的故事，不知讲了多少遍，有时候绘形绘声，讲得琐细生动之至。这对章用当然更是刺激。他虽然照常是沉默不语，然而眉头却蹙得更加厉害了。

就这样，章伯母欢迎我们到她家去，我自己也愿意去看一看这一位简单天真的老人。我的目的主要是去找章用，听他谈一些问题。他母亲说，我一去，章用就好像变了一个人，脸上有了笑容，话也多了起来。这时，老太太显然也高兴了起来，立刻拿点心，沏龙井茶，还多半要留我吃饭，嘴里一方面讲章士钊，一方面忙前忙后，忙得不可开交。我同章用谈论什么问题，也谈得兴致正浓。有几次，在这样谈话的间隙中，忽然听到楼外雷声如擂鼓。从楼顶上的小玻璃窗子里看出去，天空阴云翻滚，东面山上的丛林被乱云封住，迷蒙成一片，颇感到大自然的威力。但是，我们谈兴不减，稍一注意，就听到大雨敲窗的声音。

这样美好的时光并不很长，可能只有 1936 年一个夏天。一转到 1937 年，章家的国内经济来源出了问题，无力供给在德、英、意三个国家的孩子读书和生活。他们决定，章用先回国去探听探听。章用走了以后，老太太孤身一人，留在哥廷根，等候儿子的消息。此时，我同龙丕炎就承担了照看老太太的责任。我们三个人每天在饭馆里一起吃午饭。每天见面时，老太太照例气喘吁吁地说："我告诉你一件大事！"我们知道，没有什么大事。吃过午饭，送老太太回家，天天如此。后来，章用从国内来了信：经济问题无法解决，章用不能回来了，要老太太也立即回国。我们于是又帮她退房子，收拾东西，办护照，买车船票，忙成一团。就在这样的非常时期，老太太还并没有忘记了自己的“官家”身份。她照了相，要我们帮她挑选“标准相”，回国后好送给新闻记者。

老太太终于走了，章用一家在哥廷根长达六七年的生活也终于结束了。章用在德国苦读了六七年，最终也没有能再回德国来，没有能取得博士学位。从此以后，我同他们母子都没有能再见面。章用先在浙江大学教书，抗战军兴，到处播迁，在颠沛流离之中，他没有忘记我，也没有忘记写诗。时常有信给我，有时附上自己的诗。我现在还能记住一些他的诗，比如“常歌建德非吾土，岂意祁门来看山”等等。不记得是在哪一年了，他把自己生平写的不算太多的诗全部寄给了我。我不知道，他是怎样考虑的。难道他已经预感到自己肺病缠身，将不久于人世，因而尽早把自己的心血结晶寄给可靠的朋友，传之其人吗？他的预感是正确的，不久他就在流离播迁中离开人世，只剩下我这个受他重托的人还活在人间。综观章用一生，他是一个寂寞的人，一个孤傲的人，一个落落寡合的人，一个短命的才人。他是把我这个同他仅仅有一年多交谊的人，看作自己唯一的知己的。此境可悲，此情可感！现在茫茫人世，芸芸众生，知道章用，想到章用的人，恐怕只有我一个了。我愈来愈感到，我也失去了一位难得的知己。然而人天悬隔，欲哭无泪，“上穷碧落下黄泉，两处茫茫皆不见”，恐怕我要抱恨终天了。悲夫！

忆章用

我一直到现在还不能相信，他竟撒手离开现在的这个世界去了。我自己的生命虽然截止到现在还说不上怎样太长，但在这不太长的过去的生命中，他的出现却更短，短到令人怀疑是不是曾经有过这样一回事。倘若要用一个譬喻的话，我只能把他比作一颗夏夜的流星，在我的生命的天空中，蓦地拖了一条火线出现了，蓦地又消逝到暗冥里去。但在这条火线留下的影子却一直挂在我的记忆的丝缕上，到现在，已经是隔了几年了，忽然又闪耀了起来。

人的记忆也是怪东西，在每一天，不，简直是每一刹那，自己所遇到的大大小小的事情中，在风起云涌的思潮中，有后来想起来认为是极重大的事情，但在当时看过想过后不久就忘却了，费很大的力量才能再回忆起来。但有的事情，譬如说一个人笑的时候脸部构成的图形，一条柳枝摇曳的影子，一片花瓣的飘落，在当时，在后来，都不认为有什么不得了；但往往经过很久很久的时间，却随时能明晰地浮现在眼前，因而引起一长串的回忆。到现在很生动地浮现在我眼前，压迫着我想到俊之（章用）的，就是他在谈话中间静默时神秘地向眼前空虚处注视的神态。

但说来已经是六年前的事情了。六年前的深秋，我从柏林来到哥廷根。第二天起来，在街上走着的时候，觉得这小城的街特别长，太阳也特别亮，一切都浸在一片白光里。过了几天，就在这样的白光里，我随了一位中国同学走过长长的街去访俊之。他同他母亲赁居一座小楼房的上层，四周全是花园。这时已经是落叶满地，树头虽然还挂了几片残叶，但在秋风中却只显得孤伶了。那一次究竟说了些什么话，现在已经记不清了。似乎他母亲说话最多，俊之并没有说多少。在谈话中间静默的一刹那，我只注意到，他的目光从眼镜边上流出来，神秘地注视着眼前的空虚处。

就这样，我们第一次见面他给我的印象是颇平常的；但不知为什么，以后竟常常往来起来。他母亲人非常慈和，很能谈话。每次会面，都差不多只有她一个人独白，每次都感觉不到时间的逝去，等到觉得屋里渐渐暗起来，却已经晚了，结果每次都是仓仓促促辞了出来，摸索着走下黑暗的楼梯，赶回家来吃晚饭。为了照顾儿子，她在这离开故乡几万里的寂寞的小城里陪儿子一住就是七八年，只是这一件，就足以打动天下失掉了母亲的孩子们的心，让他们在无人处流泪，何况我又是这样多愁善感。又何况还是在这异邦的深秋呢？我因而常常想到在故乡里萋萋的秋草下长眠的母亲，到俊之家里去的次数也就多起来。

哥廷根的秋天是美的，美到神秘的境地，令人说不出，也根本想不到去说。有谁见过未来派的画没有？这小城东面的一片山林在秋天就是一幅未来派的画。你抬眼就看到一片耀眼的绚烂。只说黄色，就数不清有多少等级，从淡黄一直到接近棕色的深黄，参差地抹在这一片秋林的梢上，里面杂了冬青树的浓绿，这里那里还点缀上一星星的鲜红，给这惨淡的秋色涂上一片凄艳。就在这林子里，俊之常陪我去散步。我们不知道曾留下多少游踪。林子里这样静，我们甚至能听到叶子辞树的声音。倘若我们站下来，叶子也就会飘落到我们身上。等到我们理会到的时候，我们的头上肩上已经满是落叶了。间或前面树丛里影子似的一闪，是一匹被我们惊走的小鹿，接着我们就会听到窸窣的干叶声，渐远，渐远，终于消逝到无边的寂静里去。谁又会想到，我们竟在这异域的小城里亲身体会到“叶干闻鹿行”的境界？但这情景都是后来回忆时才觉到的，在当时，我们却没有，或者可以说很少注意到——我们正在热烈地谈着什么。他虽然念的是数学，但因为家学渊源，中国旧文学的根底很深，作旧诗更是经过名师的指导，对哲学似乎比对数学的兴趣还要大。我自己虽然一无所成，但因为平常喜欢浏览，所以很看了些旧诗词，而且自己对许多文学上的派别和几个诗人还有一套看法。平时难得解人，所以一直闷在心里，现在居然有人肯听，于是我就一下子倾出来。看了他点头赞成的神气，我的意趣更不由地飞动起来，我忘记了时间，忘记了世界，连自己也忘记了。往往是看到桦树的白皮上已经涂上了淡红的夕阳，才知道是应该下山的时候。走到城边，就看到西面山上一团紫气，不久天上就亮起星星来了。

等到林子里最后的几片黄叶也落净了的时候，不久就下了第一场雪。哥城的冬天是寂寞的。天永远阴沉，难得看到几缕阳光。在外面既然没有什么可看，人们又觉得炉火可爱起来。有时候在雪意很浓的傍晚，他到我家里来闲谈。他总是靠近炉子坐在沙发上，头靠在后面的墙上。我们总有说不完的话，大半谈的仍然是哲学宗教上的问题；但转来转去，总转到中国旧诗上。他说话没有我多。当我滔滔不绝地说着的时候，他只是静静地听，脸上又浮起那一片神秘的微笑，眼光注视着眼前的空虚处。同我一样，他也会忘记了时间，现在轮到他摸索着走下黑暗的楼梯赶回家去吃晚饭了。

后来这情形渐渐多起来。等到我们再聚到一起的时候，章伯母就笑着告诉我，自从我到了哥廷根，他儿子仿佛变了一个人，以前同他母亲也不大说话，现在居然有时候也显得有点儿活泼了。他在哥城八年，除了间或到范禹（龙丕炎）家去以外，很少到另外一位中国同学家里去，当然更谈不到因谈话而忘记了吃晚饭。多少年来，他就是一个人到大学去，到图书馆去，到山上去散步，不大同别人在一起。这情形我都能想象得到，因为无论谁只要同俊之见上一面，就会知道，他是孤高一流的人物。这样一个人怎么能够同其他油头粉面满嘴里离不开跳舞电影的留学生们合得来呢？

但他的孤高并不是矫揉造作的，他也并没有去装假名士。章伯母告诉我，他在家里，也总是一个人在思索着什么，有时坐在那里，眼睛愣愣的，半天不动。他根本不谈家常，只有谈到学问，他才有兴趣。但老人家的兴趣却同他的正相反，所以平常时候母子相对也只有沉默着一句话也不说了。他对吃饭也感不到多大兴趣，坐在饭桌旁边，嘴里嚼着什么，眼睛并不看眼前的碗同菜，脑筋里似乎正在思索着只有他自己知道的问题。有时候，手里拿着一块面包，站起来，在屋里不停地走，他又沉到他自己独有的幻想的世界里去。倘若叫他吃，他就吃下去；倘若不叫他，他也就算了。有时候她同他开个玩笑，问他刚才吃的是什么东西，他想上半天，仍然说不上来。这是他自己说起来都会笑的。过了不久，我就有机会证实了章伯母的话。这所谓“不久”，我虽然不能确切地指出时间来；但总在新年过后的一二月里，小钟似的白花刚从薄薄的雪堆里挣扎出来，林子里怕已经抹上淡淡的一片绿意了。章伯母因为有事情到英国去了，只留他一个人在家里。我因为学系不能决定，有时候感到异常烦闷，所以就常在傍晚的时候到他家里去闲谈。我差不多每次都看到桌子上有一块干面包，孤伶地伴着一瓶凉水。问他吃过晚饭没有，他说吃过了。再问他吃的什么，他的眼光就流到那一块干面包和那一瓶凉水上去，什么也不说。他当然不缺少钱买点儿香肠牛奶什么的，而且煤气炉子也就在厨房里，只要用手一转，也就可以得到一壶热咖啡；但这些他都没做，也许是忘记了，也许根本没有兴致想到这些琐碎的事情，他脑筋里正盘旋着什么问题。在这时候，最简单的办法当然就是从面包盒里找出他母亲吃剩下的面包，拧开凉水管子灌满一瓶，草草吃下去了事。既然吃饭这事情非解决不行，他也就来解决；至于怎样解决，那又有什么关系呢？反正只要解决过，他就能继续他的工作，他这样就很满意了。

我将怎样称呼他这样一个人呢？在一般人眼中，他毫无疑问是一个怪人，而且他和一般人，或者也可以说，一般人和他合不来的原因恐怕也就在这里面。但我从小就有一个偏见，我最不能忍受四平八稳、处事接物面面周到的人物。我觉得，人不应该像牛羊一样，看上去都差不多，人应该有个性。然而人类的大多数都是看上去差不多的角色，他们只能平稳地活着，又平稳地死去，对人类对世界丝毫没有影响。真正大学问大事业是另外几个同一般人不一样，甚至被他们看作怪人和呆子的人做出来的。我自己虽然这样想，甚至也试着这样做过，也竟有人认为我有点儿怪；但我自问，有的时候自己还太妥协平稳，同别人一样的地方还太多。因而我对俊之，除了羡慕他渊博的学识以外，对他的为人也有说不出来的景仰了。

在羡慕同景仰两种心情下，我当然高兴常同他接近。在他那方面，他也似乎很高兴见到我。到现在还不能忘记，每次我找他到小山上去散步，他都立刻答应，而且在非常仓皇的情形下穿鞋穿衣服，仿佛一穿慢了，我就会逃掉似的。我们到一起，仍然有说不完的话，我们谈哲学，谈宗教，仍然同以前一样，转来转去，总转到中国旧诗上去。他把他的诗集拿给我看，里面的诗并不多，只是薄薄的一本。我因为只仓促翻了一遍，现在已经记不清，里面究竟有些什么诗。我用尽了力想，只能想起两句来："频梦春池添秀句，每闻夜雨忆联床。"他还告诉我，到哥城八年，先是拼命念德文，后来入了大学，又治数学同哲学，总没有余裕和兴致来写诗；但自从我来以后，他的诗兴仿佛又开始汹涌起来，这是连他自己都没想到的——

果然，过了不久，又在一个傍晚，他到我家里来。一进门，手就向衣袋里摸，摸出来的是一个黄色的信封，里面装了一张硬纸片，上面工整地写着一首诗：

空谷足音一识君，
相期诗伯苦相薰。
体裁新旧同尝试，
胎息中西沐见闻。
胸宿赋才徕物与，
气嘘史笔发清芬。
千金敝帚孰轻重，
后世凭猜定小文。

我看了脸上直发热。对旧诗，我虽然喜欢胡谈乱道；但说到做，我却从来没尝试过，可以说是一个十足的门外汉，我哪里敢做梦做什么“诗伯”呢？但他的这番意思我却只有心领了。

这时候，我自己的心情并不太好，他也正有他的忧愁。七八年来，他一直过着极优裕的生活。近一两年来，国内的地租忽然发生了问题，于是经济来源就有了困难。对于他这其实都算不了什么，因为我知道，只要他一开口，立刻就会有人自动地送钱给他用，而且，据他母亲告诉我，也真的已经有人寄了钱来，譬如一位德国朋友，以前常到他家里去吃中国饭，现在在另外一个大学里当讲师，就寄了许多钱来，还愿意以后每月寄。然而俊之都拒绝了。我也同他谈过这事情，我觉得目前用朋友几个钱完成学业实在是无伤大雅的；但他却一概不听，也不说什么理由。我自己根本没有多少钱，领到的钱也不过刚够每月的食宿，一点儿也不能帮他的忙。最初听到他说，他不久就要回国去筹款，心中有说不出的难过。后来他这计划终于成为事实了。每次到他那里去，总看到他忙忙碌碌地整理书籍。我不愿意看这一堆堆横七竖八躺在地上的书籍。我觉得有什么地方对他不起，心里凭空惭愧起来。

在不知不觉时，时间已经由暮春转入了初夏。哥廷根城又埋到一团翠绿里去。俊之起程的日子也决定了。在前一天的晚上，我们为他饯行，一直到深夜才走出市政府的地下餐厅。我同他并肩走在最前面。他平常就不大喜欢说话，今天更不说了，我们只是沉默着走上去，听自己的步履声在深夜的小巷里回响，终于在沉默里分了手。我不知道他怎么样，我是一夜在床上翻来覆去地睡不着。第二天天一亮我就到他家去了。他已经起来了。我本来预备在我们离别前痛痛快快谈一谈，我仿佛有许多话要说似的，但他却坚决要到大学里去上一堂课。他母亲挽留也没有用。他嘴里只是说，他要去上“最后一课”，“最后”两个字说得特别响，脸上浮着一片惨笑。我不敢接触他的目光，但我却能了解他的“客树回看成故乡”的心情。谁又知道，这一堂课就真的成了他的“最后一课”呢?

就这样，俊之终于离开他的第二故乡哥廷根，离开了我，从那以后，我就再没有见过他。路上每到一个停船的地方，他总有信给我。他知道我正在念梵文，还剪了许多报上的材料寄给我。此外还寄给我许多诗。回国以后，先在山东大学教数学。在这期间，他曾写过一封很长的信给我，报告他的近况，依然是牢骚满腹。后来又转到浙江大学去。情形如何，我不大清楚。不久战争也就波及浙江，他随了大学辗转迁到江西。从那里，我接到他一封信，附了一卷诗稿，把他回国以后作的诗都寄给我了。他仿佛预感到自己已经不久于人世，赶快把诗抄好，寄给一个朋友保存下去，这个朋友他就选中了我。我一直到现在还不相信，这是偶然的，他似乎故意把这担子放在我的肩上。

从那以后，我从他那里再没听到什么。不久范禹来了信，报告他的死。他从江西飞到香港去养病，就死在那里。我真没法相信这是真的，难道范禹听错了消息了么?但最后我却终于不能不承认，俊之是真的死了，在我生命的夜空里，他像一颗夏夜的流星似的消逝了，永远地消逝了。

我们相处一共不到一年。一直到离别还互相称作“先生”。在他死之前，我不过觉得同他颇能谈得来，每次到一起都能得到点儿安慰，如此而已。然而他的死却给了我一个回忆沉思的机会，我蓦地发现，我已于无意之间损失了一个知己，一个真正的朋友。在这茫茫人世间究竟还有几个人能了解我呢？俊之无疑是真正能够了解我的一个朋友。我无论发表什么意见，哪怕是极浅薄的，从他那里我都能得到共鸣的同情。但现在他竟离开这人世去了。我陡然觉得人世空虚起来。我站在人群里，只觉得自己的渺小和孤独，我仿佛失掉了倚靠似的，徘徊在寂寞的大空虚里。

哥廷根仍然同以前一样的美，街仍然是那样长，阳光仍然是那样亮。我每天按时走过这长长的街到研究所去，晚上再回来。以前我还希望，俊之回来的时候，我们还可以逍遥地在长街上高谈阔论，但现在这希望永远只是希望了。我一个人拖着一条影子走来走去：走过一个咖啡馆，我回忆到我曾同他在这里喝过咖啡消磨了许多寂寞的时光；再向前走几步是一个饭馆，我又回忆到，我曾同他每天在这里吃午饭，吃完再一同慢慢地走回家去；再走几步是一个书店，我回忆到，我有时候呆子似的在这里站上半天看玻璃窗子里面的书，肩头上蓦地落上了一只温暖的手，一回头是俊之，他也正来看书窗子；再向前走几步是一个女子高中，我又回忆到，他曾领我来这里听诗人念诗，听完在深夜里走回家，看雨珠在树枝上珠子似的闪光——就这样，每一个地方都能引起我的回忆，甚至看到一块石头，也会想到，我同俊之一同在上面踏过；看了一枝小花，也会回忆到，我同他一同看过。然而他现在却撒手离开这个世界走了，把寂寞留给我。回忆对我成了一个异常沉重的负担。

今年秋天，我更寂寞得难忍。我一个人在屋里无论如何也坐不下去，四面的墙仿佛都起来给我以压迫。每天吃过晚饭，我就一个人逃出去到山下大草地上去散步。每次都路过他同他母亲住过的旧居：小楼依然是六年前的小楼，花园也仍然是六年前的花园，连落满地上的黄叶，甚至连树头残留着的几片孤零的叶子，都同六年前一样；但我的心情却同六年前的这时候大大的不相同了。小窗子依然对着这一片黄叶林开着。我以前在这里走过不知多少遍，似乎从来没有注意过这样一个小窗子，但现在这小窗子却唤回我的许多记忆，它的存在我于是也就注意到了。在这小窗子里面，我曾同俊之同坐过消磨了许多寂寞的时光，我们从这里一同看过涂满了凄艳的彩色的秋林，也曾看过压满了白雪的琼林，又看过绚烂的苹果花，蜜蜂围着嗡嗡地飞；在他离开哥廷根的前几天，我们都在他家里吃饭，忽然扫过一阵暴风雨，远处的山、山上的树林、树林上面露出的俾斯麦塔都隐入滃濛的云气里去：这一切仿佛是一幅画，这小窗子就是这幅画的镜框。我们当时都为自然的伟大所压迫，半天说不出一句话来，只是沉默着透过这小窗注视着远处的山林。当时的情况还历历如在眼前；然而曾几何时，现在却只剩下我一个人在撒满了落叶的深秋的长街上，在一个离故乡几万里的异邦的小城里，呆呆地从下面注视这小窗子了，而这小窗子也正像蓬莱仙山可望而不可即了。

逝去的时光不能再捉回来，这我知道；人死了不能复活，这我也知道。我到现在这个世界上来活了三十年，我曾经看到过无数的死：父亲、母亲和婶母都悄悄地死去了。尤其是母亲的死在我心里留下无论如何也补不起来的创痕。到现在已经十年了，差不多隔几天我就会梦到母亲，每次都是哭着醒来。我甚至不敢再看讲母亲的爱的小说、剧本和电影。有一次偶然看一部电影片，我一直从剧场里哭到家。但俊之的死却同别人的死都不一样：生死之悲当然有，但另外还有知己之感。这感觉我无论如何也排除不掉。我一直到现在还要问：世界上可以死的人太多太多了，为什么偏偏是俊之？倘若我不同他认识也就完了，但命运却偏偏把我同他在离祖国几万里的一个小城里拉在一起，他却又偏偏死去。在我的饱经忧患的生命里再加上这幕悲剧，难道命运觉得对我还不够残酷吗？

但我并不悲观，我还要活下去。有的人说："死人活在活人的记忆里。"俊之就活在我的记忆里。只是为了这，我也要活下去。当然这回忆对我是一个无比的重担，但我却甘心肩起这一份重担，而且还希望能肩下去，愈久愈好。

五年前开始写这篇东西，那时我还在德国。中间屡屡因了别的研究工作停笔，终于剩了一个尾巴，没能写完。现在在挥汗之余勉强写起来，离开那座小城已经几万里了。

1946年7月23日写于南京

纪念德国学者西克灵教授

昨天晚上接到我的老师西克先生（Prof.Dr.Emil Sieg）从德国来的信，说西克灵教授（W.Siegling）已经于去年春天死去，我看了心里非常难过。生死本来是一种自然现象，值不得大惊小怪，但死也并不是没有差别。有的人死去了，对国家、对世界一点儿影响都没有。他们只是在他们亲族的回忆里还生存一个时期，终于也就渐渐被遗忘了。有的人的死却对国家、对世界都是一个损失。连不认识他们的人都会觉得悲哀，何况认识他们的朋友们呢？

对西克灵这名字，许多中国读者大概还不太生疏，虽然他一生所从事研究的学科可以说是很偏僻的。他是西克先生的学生。同他老师一样，他也是先研究梵文，然后才转到吐火罗语去的。转变点就正在四十年前。当时德国的探险队在Gr ü nwedel 和 Ven Le Coq 领导之下从中国的新疆发掘出来了无量珍贵的用各种文字写的残卷运到柏林去。德国学者虽然还不能读通这些文字，但他们却意识到这些残卷的重要。当时柏林大学的梵文正教授 Pischel 就召集了许多年轻的语言学者，尤其是梵文学者，来从事研究。西克和西克灵决心合作研究的就是后来定名为吐火罗语的一种语言。当时他们有的是幻想和精力，这种稍稍带有点儿冒险意味，有的时候简直近于猜谜式的研究工作，更提高了他们的兴趣。他们日夜地工作，前途充满了光明。在三十多年以后，西克先生每次谈起来还不禁眉飞色舞，仿佛他自己又走回青春里去，当时热烈的情景就可以想见了。

他们这合作一直继续了几十年。他们终于把吐火罗语读通。在这期间，他们发表的震惊学术界的许多文章和书，除了在第一次世界大战西克灵被征从军期间外，都是用两个人的名字。西克灵小心谨慎，但没有什么创造的能力，同时又因为住在柏林，在普鲁士学士院（Preussische Akademie der Wissenschaften）里做事情，所以他的工作就偏重在只是研究抄写 Br ā hmi 字母。他把这些原来是用 Br ā hmi 字母写成的残卷用拉丁字母写出来寄给西克，西克就根据这些拉丁字母写成的稿子来研究文法，确定字义。但我并不是说西克灵只懂字母而西克只懂文法。他们两方面都懂的，不过西克灵偏重字母而西克偏重文法而已。

两个人的个性也非常不一样。我已经说到西克灵小心谨慎，其实这两个形容词是不够的。他有时候小心到我们不能想象的地步。根据许多别的文字，一个吐火罗字的字义明明是毫无疑问地可以确定了，但他偏怀疑，偏反对，无论如何也不承认。在这种情形下，西克先生看到写信已经没有效用，便只好自己坐上火车到柏林用三寸不烂之舌来说服他。我常说，西克先生就像是火车头的蒸汽机，没有它火车当然不能走。但有时候走得太猛太快也会出毛病，这就用得着一个停车的闸。西克灵就是这样的一个让车停的闸。

他们俩合作第一次出版的大著是 *Tocharische Sprachreste*（1921）。两本大书充分表现了这合作的成绩。在这书里他们还很少谈到文法，只不过把原来的 Br ā hmi 字母改成拉丁字母，把每个应该分开来的字都分了而已。在 1931 年出版的 *Tocharische Grammatik* 里面他们才把吐火罗语的文法系统地整理出来。这里除了他们两个人以外，他们还约上了大比较语言学家柏林大学教授舒尔慈（Wilhelm Schulz）来合作。结果这一本五百多页的大著就成了欧洲学术界划时代的著作。一直到现在研究中亚古代语言和比较语言的学者还不能离开它。

写到这里，读者或者以为西克灵在这些工作上都没有什么不得了的贡献，因为我上面曾说到他的工作主要是在研究抄写 Br ā hmi 字母。这种想法是错的。Br ā hmi 字母并不像我们知道的这些字母一样。它是非常复杂的。有时候两个字母的区别非常细微，譬如说 t 同 n，稍一不小心，立刻就发生错误。法国的梵文学家莱维（Sylvain Lévi）在别的方面的成绩不能不算大，但看他出版的吐火罗语B（龟兹语）的残卷里有多少读错的地方，就可以知道只是读这字母也并不容易了。在这方面西克灵的造诣是非常惊人的，可以说是举世无二。

也是为了读Brāhmi字母的问题，我在1942年的春天到柏林去看西克灵。我在普鲁士学士院他的研究室里找到他。他正在那里埋首工作，桌子上摆的墙上挂的全是些Brāhmi字母的残卷，他就用他特有的蝇头般的小字一行一行地抄下来。在那以前，我就听说，只要有三个学生以上，他就一句话也说不出来了。所以他一生就只在学士院里工作，只有很短的一段时间在柏林大学里教过吐火罗语，终于还是辞了职。见了面他给我的印象同传闻的一样。人很沉静，不大说话。问他问题，他却解释无遗。我从他那里学到了不少读Brāhmi字母的秘诀。我发现他外表虽冷静，但骨子里却是个很热情的人，正像一切良好的德国人一样。

以后，我离开柏林，回到哥廷根，战争愈来愈激烈，我就再也没能到柏林去看他。战争结束后，自己居然还活着，听说他也没被炸死。心里觉得非常高兴。我也就带了这高兴在去年夏天里回了国来。一转眼就过了半年。在这期间，因为又接触了一个新环境，终天糊里糊涂的，连回忆的余裕都没有了。最近，心情方面渐渐安静下来，于是又回忆到以前的许多事情，在德国遇到的这许多师友的面影又不时在眼前晃动，想到以前过的那个幸福的时期，恨不能立刻再回到德国去。然而正在这时候，我接到西克先生的信，说西克灵已经去世了。即便我能立刻回到德国，师友里面已经少了一个了。对学术界，尤其是对我自己，这个损失是再也不能弥补的了。

我现在唯一的安慰就是在西克先生身上了。他今年已经八十多岁，但他的信上说，他的身体还很好。德国目前是既没有吃的穿的，也没有烧的。六七个人挤在一个小屋里，又以他这样的高龄，但他居然还照常工作。他四十年来一个合作者西克灵，比他小二十多岁的一个朋友，既然先他而死了，我只希望上苍还加佑他，让他再壮壮实实多活几年，把他们未完成的大作完成了，为学术，为他死去的朋友，我替他祝福。

1947 年 1 月 29 日于北平

重返哥廷根

我真是万万没有想到，经过了三十五年的漫长岁月，我又回到这个离祖国几万里的小城里来了。

我坐在从汉堡到哥廷根的火车上，简直不敢相信这是事实。难道是一个梦吗？我频频问着自己。这当然是非常可笑的，这毕竟就是事实。我脑海里印象历乱，面影纷呈。过去三十多年来没有想到的人，想到了；过去三十多年来没有想到的事，想到了。我那一些尊敬的老师，他们的笑容又呈现在我眼前。我那像母亲一般的女房东，她那慈祥的面容也呈现在我眼前。那个宛宛嬰嬰的女孩子伊姆加德，也在我眼前活动起来。那窄的街道、街道两旁的铺子、城东小山的密林、密林深处的小咖啡馆、黄叶丛中的小鹿，甚至冬末春初时分从白雪中钻出来的白色小花雪钟，还有很多别的东西，都一齐争先恐后地呈现到我眼前来。一霎时，影像纷乱，我心里也像开了锅似的激烈地动荡起来了。

火车一停，我飞也似的跳了下去，踏上了哥廷根的土地。忽然有一首诗涌现出来：

少小离家老大回，
乡音无改鬓毛衰。
儿童相看不相识，
笑问客从何处来。

怎么会涌现这样一首诗呢？我一时有点儿茫然、懵然。但又立刻意识到，这一座只有十来万人的异域小城，在我的心灵深处，早已成为我的第二故乡了。我曾在这里度过整整十年，是风华正茂的十年。我的足迹印遍了全城的每一寸土地。我曾在这里快乐过，苦恼过，追求过，幻灭过，动摇过，坚持过。这一座小城实际上决定了我一生要走的道路。这一切都不可避免地要在我的心灵上打上永不磨灭的烙印。我在下意识中把它看作第二故乡，不是非常自然的吗？

我今天重返第二故乡，心里面思绪万端，酸甜苦辣，一齐涌上心头。感情上有一种莫名其妙的重压，压得我喘不过气来，似欣慰，似惆怅，似追悔，似向往。小城几乎没有变。市政厅前广场上矗立的有名的抱鹅女郎的铜像，同三十五年前一模一样。一群鸽子仍然像从前一样在铜像周围徘徊，悠然自得。说不定什么时候一声呼哨，飞上了后面大礼拜堂的尖顶。我仿佛昨天才离开这里，今天又回来了。我们走进地下室，到地下餐厅去吃饭。里面陈设如旧，座位如旧，灯光如旧，气氛如旧。连那年轻的服务员也仿佛是当年的那一位。我仿佛昨天晚上才在这里吃过饭。广场周围的大小铺子都没有变。那几家著名的餐馆，什么“黑熊”“少爷餐厅”等等，都还在原地。那两家书店也都还在原地。总之，我看到的一切都同原来一模一样。我真的离开这座小城已经三十五年了吗？

但是，正如中国古人所说的，江山如旧，人物全非。环境没有改变，然而人物却已经大大地改变了。我在火车上回忆到的那一些人，有的如果还活着的话年龄已经过了一百岁。这些人的生死存亡就用不着去问了。那些计算起来还没有这样老的人，我也不敢贸然去问，怕从被问者的嘴里听到我不愿意听的消息。我只绕着弯子问上那么一两句，得到的回答往往不得要领，模糊得很。这不能怪别人，因为我的问题就模糊不清。我现在非常欣赏这种模糊，模糊中包含着希望。可惜就连这种模糊也不能完全遮盖住事实。结果是：

访旧半为鬼，

惊呼热中肠。

我只能在内心里用无声的声音来惊呼了。

在惊呼之余，我仍然坚持怀着沉重的心情去访旧。首先我要去看一看我住过整整十年的房子。我知道，我那母亲般的女房东欧朴尔太太早已离开了人世。但是房子却还存在，那一条整洁的街道依旧整洁如新。从前我经常看到一些老太太用肥皂来洗刷人行道，现在这人行道仍然像是刚才洗刷过似的，躺下去打一个滚，绝不会沾上一点儿尘土。街拐角处那一家食品商店仍然开着，明亮的大玻璃窗子里面陈列着五光十色的食品。主人却不知道已经换了第几代了。我走到我住过的房子外面，抬头向上看，看到三楼我那一间房子的窗户，仍然同以前一样摆满了红红绿绿的花草，当然不是出自欧朴尔太太之手。我蓦地一阵恍惚，仿佛我昨晚才离开，今天又回家来了。我推开大门，大步流星地跑上三楼。我没有用钥匙去开门，因为我意识到，现在里面住的是另外一家人了。从前这座房子的女主人恐怕早已安息在什么墓地里了，墓上大概也栽满了玫瑰花吧。我经常梦见这所房子，梦见房子的女主人，如今却是人去楼空了。我在这里度过的十年中，有愉快，有痛苦，经历过轰炸，忍受过饥饿。男房东逝世后，我多次陪着女房东去扫墓。我这个异邦的青年成了她身边唯一的亲人，无怪我离开时她号啕痛哭。我回国以后，最初若干年，还经常通信。后来时移事变，就断了联系。我曾痴心妄想，还想再见她一面。而今我确实又来到了哥廷根，然而她却再也见不到，永远永远地见不到了。

我徘徊在当年天天走过的街头。这里什么地方都有过我的足迹。家家门前的小草坪上依然绿草如茵。今年冬雪来得早了一点儿。十月中，就下了一场雪。白雪、碧草、红花，相映成趣。鲜艳的花朵赫然傲雪怒放，比春天和夏天似乎还要鲜艳。我在一篇短文《海棠花》里描绘的那海棠花依然威严地站在那里。我忽然回忆起当年的冬天，日暮天阴，雪光照眼，我扶着我的吐火罗文和吠陀语老师西克教授，慢慢地走过十里长街。心里面感到凄清，但又感到温暖。回到祖国以后，每当下雪的时候，我便想到这一位像祖父一般的老人。回首前尘，已经有四十多年了。

我也没有忘记当年几乎每一个礼拜天都到的席勒草坪。它就在小山下面，是进山必由之路。当年我常同中国学生或者德国学生，在席勒草坪散步之后，就沿着弯曲的山径走上山去。曾登上俾斯麦塔，俯瞰哥廷根全城；曾在小咖啡馆里流连忘返；曾在大森林中茅亭下躲避暴雨；曾在深秋时分惊走觅食的小鹿，听它们脚踏落叶一路窸窸窣窣地逃走。甜蜜的回忆是写也写不完的。今天我又来到这里。碧草如旧，亭榭犹新。但是当年年轻的我已颓然一翁，而旧日游侣早已荡若云烟，有的离开了这个世界，有的远走高飞，到地球的另一半去了。此情此景，人非木石，能不感慨万端吗?

我在上面讲到江山如旧，人物全非。幸而还没有真正地全非。几十年来我昼思梦想最希望还能见到的人，最希望他们还能活着的人，我的“博士父亲”，瓦尔德施密特教授和夫人居然还都健在。教授已经是八十三岁高龄，夫人比他寿更高，是八十六岁。一别三十五年，今天重又会面，真有相见翻疑梦之感。老教授夫妇显然非常激动，我心里也如波涛翻滚，一时说不出话来。我们围坐在不太亮的电灯光下，杜甫的名句一下子涌上我的心头：

人生不相见，
动如参与商。
今夕复何夕？
共此灯烛光。

四十五年前我初到哥廷根我们初次见面，以及以后长达十年相处的情景，历历展现在眼前。那十年是剧烈动荡的十年，中间插上了一个第二次世界大战，我们没有能过上几天好日子。最初几年，我每次到他们家去吃晚饭时，他那个十几岁的独生儿子都在座。有一次教授同儿子开玩笑：“家里有一个中国客人，你明天到学校去又可以张扬吹嘘一番了。”哪里知道，大战一爆发，儿子就被征从军，一年冬天，战死在北欧战场上。

这对他们夫妇俩的打击，是无法形容的。不久，教授也被征从军。他心里怎样想，我不好问，他也不好说。看来是默默地忍受痛苦。他预定了剧院的票，到了冬天，剧院开演，他不在家，每周一次陪他夫人看戏的任务，就落到我肩上。深夜，演出结束后，我要走很长的道路，把师母送到他们山下林边的家中，然后再摸黑走回自己的住处。在很长的时间内，他们那一座漂亮的三层楼房里，只住着师母一个人。

他们的处境如此，我的处境更糟糕。烽火连年，家书亿金。我的祖国在受难，我的全家老老小小在受难，我自己也在受难。中夜枕上，思绪翻腾，往往彻夜不眠。而且头上有飞机轰炸，肚子里没有食品充饥，做梦就梦到祖国的花生米。有一次我下乡去帮助农民摘苹果，报酬是几个苹果和五斤土豆。回家后一顿就把五斤土豆吃了个精光，还并无饱意。

大概有六七年的时间，情况就是这个样子。我的学习、写论文、参加口试、获得学位，就是在这种情况下进行的。教授每次回家度假，都听我的汇报，看我的论文，提出他的意见。今天我会的这一点点东西，哪一点儿不包含着教授的心血呢？不管我今天的成就还是多么微小，如果不是他怀着毫不利己的心情对我这一个素昧平生的异邦的青年加以诱掖教导的话，我能够有什么成就呢？所有这一切我能够忘记得了吗？

现在我们又会面了。会面的地方不是在我所熟悉的那一所房子里，而是在一所豪华的养老院里。别人告诉我，他已经把房子赠给哥廷根大学印度学和佛教研究所，把汽车卖掉，搬到这一所养老院里来了。院里富丽堂皇，应有尽有，健身房、游泳池，无不齐备。据说，饭食也很好。但是，说句不好听的话，到这里来的人都是七老八十的人，多半行动不便。对他们来说，健身房和游泳池实际上等于聋子的耳朵。他们不是来健身，而是来等死的。头一天晚上还在一起吃饭、聊天，第二天早晨说不定就有人见了上帝。一个人生活在这样的环境中，心情如何，概可想见。话又说了回来，教授夫妇孤苦零丁，不到这里来，又到哪里去呢?

就是在这样一个地方，教授又见到了自己几十年没有见面的弟子。他的心情是多么激动，又是多么高兴，我无法加以描绘。我一下汽车就看到在高大明亮的玻璃门里面，教授端端正正地坐在圈椅上，他可能已经等了很久，正望眼欲穿哩。他瞪着慈祥昏花的双目瞧着我，仿佛想用目光把我吞了下去。握手时，他的手有点儿颤抖。他的夫人更是老态龙钟，耳朵聋，头摇摆不停，同三十多年前完全判若两人了。师母还专为我烹制了当年我在她家常吃的食品。两位老人齐声说：“让我们好好地聊一聊老哥廷根的老生活吧！”他们现在大概只能用回忆来填充日常生活了。我问老教授还要不要中国关于佛教的书，他反问我：“那些东西对我还有什么用呢？”我又问他正在写什么东西。他说："我想整理一下以前的旧稿；我想，不久就要打住了！"从一些细小的事情上来看，老两口的意见还是有一些矛盾的。看来这相依为命的一双老人的生活是阴沉的、郁闷的。在他们面前，正如鲁迅在《过客》中所写的那样："前面？前面，是坟。"

我心里陡然凄凉起来。老教授毕生勤奋，著作等身，名扬四海，受人尊敬，老年就这样度过吗？我今天来到这里，显然给他们带来了极大的快乐，一旦我离开这里，他们又将怎样呢？可是，我能永远在这里待下去吗？我真有点儿依依难舍，尽量想多待些时候。但是，千里凉棚，没有不散的筵席。我站起来，想告辞离开。老教授带着乞求的目光说："才十点多钟，时间还早嘛！"我只好重又坐下。最后到了深夜，我狠了狠心，向他们说了声："夜安！"站起来，告辞出门。老教授一直把我送下楼。送到汽车旁边，样子是难舍难分。此时我心潮翻滚，我明确地意识到，这是我们最后一面了。但是，为了安慰他，或者欺骗他，也为了安慰我自己，或者欺骗我自己，我脱口说了一句话："过一两年，我再回来看你！"声音从自己嘴里传到自己耳朵，显得空荡、虚伪，然而却又真诚。这真诚感动了老教授，他脸上现出了笑容："你可是答应了我了，过一两年再回来！"我还有什么话好说呢？我噙着眼泪，钻进了汽车。汽车开走时，回头看到老教授还站在那里，一动也不动，活像是一座塑像。

过了两天，我就离开了哥廷根。我乘上了一列开到另一个城市去的火车。坐在车上，同来时一样，我眼前又是面影迷离，错综纷杂。我这两天见到的一切人和物，一一奔凑到我的眼前来；只是比来时在火车上看到的影子清晰多了，具体多了。在这些迷离错乱的面影中，有一个特别清晰、特别具体、特别突出，它就是我在前天夜里看到的那一座塑像。愿这一座塑像永远停留在我的眼前，永远停留在我的心中。

1980年11月在西德开始

1987年10月在北京写完

追忆哈隆教授

1935年深秋，我来到了德国的哥廷根。

我曾有过一个公式：天才+勤奋+机遇=成功。

我十分强调机遇。我是从机遇缝里钻出来的，从山东穷乡僻壤钻到今天的我。

到了德国以后，我被德国学术交换处分配到哥廷根，而乔冠华则被分配到吐平根（T ü bingen）。如果颠倒一下的话，则吐平根既无梵学，也无汉学。我在那里混上两年，一无所获，连回国的路费都无从筹措。我在这里真不能不感谢机遇对我的又一次垂青。

我到了哥廷根，真是如鱼得水。到了1936年春，我后来的导师E. Waldschmidt调来哥廷根担任梵学正教授。这就奠定了我一生研究的基础。梵文研究所设在东方研究所（都不是正式的名称）内，这个研究所坐落在大图书馆对面Gauss-Weber-Haus内。这是几百年前大数学家Gauss和他的同伴Weber鼓捣电报的地方。房子极老，一层是阿拉伯研究所、巴比伦亚述研究所、古代埃及文研究所。二层是梵文研究所、斯拉夫语研究所、伊朗研究所。三层最高层则住着俄文讲师 V. Grimm 夫妇。

大学另外有一个汉学研究所，不在 Gauss-Weber-Haus 内，而在离此地颇远的一个大院子中大楼里。院子极大，有几株高大的古橡树矗立其间，上摩青天，气象万千。大楼极大，我不知道是做什么用的，楼中也很少碰到人。在二楼，有六七间大房子、四五间小房子，拨归汉学研究所使用。同 Gauss-Weber-Haus 比较起来宽敞多了。

汉学研究所没有正教授，由一位副教授兼主任，他就是 G. 哈隆（G.Haloun）教授，这个研究所和哈隆本人都不被大学所重视。他告诉我：他是苏台德人，不为正统的德国人所尊重。事实上也确实是这样的，我从来没有见过他同德国人有什么来往。哥廷根是德国的科学重镇，有一个科学院，院士们都是正教授中之佼佼者。这同他是不沾边的。在这里，他是孤独的，寂寞的。陪伴他出出进进汉学研究所，我只看到他夫人一个人。在汉学研究所他的办公室里，他夫人总是陪他坐在那里，手里摆弄着什么针线活，教授则埋首搞自己的研究工作。好像这里就是他们的家庭。他们好像是处在一个孤岛上，形影不离，相依为命。

哈隆教授对中国古籍是下过一番苦功的。尤其是对中国古代音韵学有深湛的研究。用拉丁字母来表示汉字的发音，西方有许多不同的方法。但是，他认为，这些方法都不能真正准确地表示出汉字独特的发音，因此，他自己重新制造了一个崭新的体系，他自己写文章时就使用这一套体系。

在我到达哥廷根以前若干年中，哈隆教授研究中心问题，似与当时欧洲汉学新潮流相符合，重点研究古代中亚文明。他费了许多年的时间，写了一篇相当长的论文《论月支（化）问题》，发表在有名的《德国东方学会会刊》上，受到了国际汉学家广泛的关注。

哈隆教授能读中文书，但不会说中国话。看这个问题应该有一个历史的观点。几百年前，在欧洲传播一点儿汉语知识的多半是在中国从事传教活动的神甫和牧师。但是，他们虽然能说中国话，却不是汉学家。再晚一些时候，新一代汉学家成长起来了。他们精通汉语和一些少数民族的语文，但是能讲汉语者极少。比如鼎鼎大名的法国的伯希和（Paul Pelliot），我在清华念书时曾听过他一次报告，是用英语讲的。可见他汉话是不灵的。

20 世纪 30 年代，我到了德国，汉学家不说汉语的情况并没有改变。哈隆教授绝非例外。一直到比他再晚一代的年轻的汉学家，情况才开始改变。二战结束，到中国来去方便，年轻的汉学家便成群结队地来到了中国，从此欧洲汉学家不会讲汉语的情况便永远成为历史了。

我初到哥廷根时，中国留学生只有几个人，都是学理工的，对汉学不感兴趣。此时章士钊的妻子吴弱男（曾担任过孙中山的英文秘书）正带着三个儿子游学欧洲，只有次子章用留在哥廷根学习数学。他从幼年起就饱读诗书，能作诗。我们一见面，谈得非常痛快，他认为我是空谷足音。他母亲说，他平常不同中国留学生来往，认识我了以后，仿佛变了一个人，经常找我来闲聊，彼此如坐春风。章用同哈隆关系不太好。章曾帮助哈隆写过几封致北京一些旧书店买书的信。1935 年深秋，我到了哥廷根，记得领我去见哈隆的就是章用。我同哈隆一见如故。对于哈隆教授这一代的欧洲汉学家，我有自己的实事求是的看法，他们的优缺点我虽然不敢说是了如指掌，但是八九不离十。我们中国人首先应当尊敬他们，是他们把我国的文化传入欧美的，是他们在努力加强西方人对中国文化的了解。他们有了困难，帮助他们是我们的天职。我们没有任何理由小看他们，不尊重他们。

哈隆教授，除了自己进行研究工作以外，他最大的成绩就是努力创造了一个规模不小的汉学图书馆。他多方筹措资金，到中国北京去买书。我曾给他写过一些信给北京琉璃厂的某书店，还有东四修绠堂等书店，按照他提出的书单，把书运往德国。哥廷根大学图书馆并不收藏汉文书籍，对此也毫无兴趣。

哈隆的汉学图书馆占有五六间大房子和几间小房子。大房子中，书架上至天花板，估计有几万册。线装书最多，也有不少的日文书籍。记得还有几册明版的通俗小说，在中国也应该属于善本了。对我来讲，最有用的书极多，首先是《大正新修大藏经》一百册。这一部书是我做研究工作必不可少的。可惜在哥廷根只有Prof.Waldschmidt有一套，我无法使用。现在，汉学研究所竟然有一套，只供我一个人使用，真如天降洪福，绝处逢生。此外，这里还有一套长达百本的笔记丛刊。我没事时也常读一读，增加了一些乱七八糟的知识。在这样的情况下，我在哥廷根十年，绝大部分时间是在梵学研究所度过的，其余的时间则多半是在汉学研究所。

我对哈隆的汉学图书馆也可以说是做过一些贡献的。中国木版的旧书往往用蓝色的包皮装裹起来，外面看不到书的名字，这对读者非常不方便。我让国内把虎皮宣纸寄到德国，附上笔和墨。我对每一部这样的书都用宣纸写好书名，贴到书上，让读者一看就知道是什么书，非常方便，而且也美观。几个大书架上，仿佛飞满了黄色的蝴蝶，顿使不太明亮的大书库里也充满了盎然的生气。不但我自己觉得很满意，哈隆更是赞不绝口，有外宾来参观，他也怀着骄傲的神色向他们介绍，这种现象在别的汉学图书馆中也许是见不到的。

时间已经到了1937年，清华同德国的交换期满了，我再也拿不到每月120马克了。但这也并非绝路，既到了德国，总会有办法的，比如申请洪堡基金等等。但是，哈隆教授早已给我安排好了，我被聘为哥廷根大学汉语讲师，工资每月150马克。我的开课通知书赫然贴在大学教务处开课通知栏中，供全校上万名学生选择。在几年中确实有人报名学习汉语普通话，但过不了多久，一一都走光。在当时，汉语对德国用处不大。不管怎样，我反正已经是大学的成员之一。对我来说，在当时的政治环境下，这是非常有利的。

这时陆续有几个中国留学生来到哥廷根。他们中有的是考上了官费留学的，这在当时的中国，没有极强硬的后台是根本不可能的。据说，在两年内，他们每月可以拿到800马克。其余的留学生中有安徽大地主的子弟，有上海财阀的子女。平时财大气粗；但是，1939年二战一爆发，邮路梗阻，家里的钱寄不出来，立即显露出一副狼狈相。反观我这区区150马克，固若金汤，我毫无后顾之忧，每月到大学财务处去领我的工资。所有这一切，我当然必须感谢哈隆教授。

哈隆教授的汉学图书馆在德国在欧洲是名声昭著的。我到图书馆去的时候，时不时地会遇到一些德国汉学家或欧洲其他国家的汉学家来这里查阅书籍，准备写博士论文或其他著作。英国的翻译家Arthur Waley，就是我在这里认识的。

时间大概是到了1938年，距二战爆发还有一年的时间。

有一天，哈隆教授告诉我，他已接受英国剑桥大学的邀请去担任汉语讲座教授，对他对我这都是天大的喜事。我向他表示诚挚的祝贺。他说，他真舍不得离开他的汉学图书馆。但是，现在是不离开不行的时候了。他要我同他一起到剑桥去，在那里他为我谋得了一个汉学讲师的位置。我感谢他的美意；但是，我的博士论文还没有完成，此事只好以后再提。

他去国的前几天，我同当时在哥廷根的中国留学生田德望在市政府地下餐厅设宴为他饯行。我们都准时到达。那一天晚上，我看哈隆教授是真动了感情。他坐在那里，半天不说话，最后说："我在哥廷根十几年，没有交一个德国朋友，在去国之前，还是两个中国朋友来给我饯行。"说罢，真正流出了眼泪。从此以后，他携家走英伦。1939 年二战爆发，我的剑桥梦也随之破灭。我再也没有见到过他。

在《站在胡适之先生墓前》那一篇文章里，我曾列举了平生有恩于我的师友，在德国，我只列了两位：Sieg 和 Waldschmidt。现在看来，不够了，应该加上哈隆教授，没有他的帮助，我在哥廷根是完成不了那样多的工作的。

2003 年 6 月 30 日于三 0 一医院

第二辑

北京城的人和事

黎明前的北京

前后加起来，我在北京已经住了四十多年，算是一个老北京了。北京的名胜古迹，北京的妙处，我应该说是了解的；其他老北京当然也了解。但是有一点，我相信绝大多数的老北京并不了解，这就是黎明时分以前的北京。

多少年来，我养成了一个习惯：每天早晨四点在黎明以前起床工作。我不出去跑步或散步，而是一下床就干活儿。因此我对黎明前的北京的了解是在屋子里感觉到的。我从前在什么报上读过一篇文章，讲黎明时分天安门广场上的清洁工人。那情景必然是非常动人的，可惜我从未能见到，只是心向往之而已。

四十年前，我住在城里在明朝曾经是特务机关的东厂里面。几座深深的大院子，在最里面三个院子里只住着一个人。朋友们都说这地方阴森可怕，晚上很少有人敢来找我，我则怡然自得。每当夏夜，我起床以后，立刻就闻到院子里那些高大的马缨花树散发出来的阵阵幽香，这些香气破窗而入，我于此时神清气爽，乐不可支，连手中那一支笨拙的笔也仿佛生了花。

几年以后，我搬到西郊来住，照例四点起床，坐在窗前工作。白天透过窗子能够看到北京展览馆那金光闪闪的高塔的尖顶，此时当然看不到了。但是，我知道，即使我看不见它，它仍然在那里挺然耸入天空，仿佛想带给人以希望，以上进的劲头。我仍然是乐不可支，心也仿佛飞上了高空。

过了十年，我又搬了家。这新居既没有马缨花，也看不到金色的塔顶，但是门前却有一片清碧的荷塘。刚搬来的几年，池塘里还有荷花。夏天早晨四点已经算是黎明时分，在薄暗中透过窗子可以看到接天莲叶，而荷花的香气也幽然袭来，我顾而乐之，大有超出马缨花和金色塔顶之上的意味了。

难道我欣赏黎明前的北京仅仅由于上述的原因吗？不是的。三十几年以来，我成了一个“开会迷”。说老实话，积三十年之经验，我真有点儿怕开会了。在白天，一整天说不定什么时候就会接到开会的通知。说一句过火的话，我简直是提心吊胆，心里不得安宁。即使不开会，这种惴惴不安的心情总摆脱不掉。只有在黎明以前，根据我的经验，没有哪里会来找你开会的。因此，我起床往桌子旁边一坐，仿佛有什么近似条件反射的东西立刻就起了作用，我心里安安静静，一下子进入角色，拿起笔来，“文思”（如果也算是文思的话）如泉水喷涌，记忆力也像刚磨过的刀子，锐不可当。此时，我真是乐不可支，如果给我机会的话，我简直想手舞足蹈了。

因此，我爱北京，特别爱黎明前的北京。

1985年2月11日

北京忆旧

我不是北京人，但是先后在北京住了四十六年之久，算得上一个老北京了。讲到回忆北京旧事，我自觉是颇有一些资格的。

可是，回忆并不总是愉快的。俗话说：“一部二十四史，不知从何处说起。”我遇到的也是这个困难，不是无可回忆，而是要回忆的东西实在太多了。一想到四十六年的北京生活，脑海里就像开了幻灯铺，一幕一幕，倏忽而过。论建筑则有楼台殿阁，佛寺尼庵，阳关大道，独木小桥，无穷无尽的影像。论人物则有男女老幼，国内国外，黑眼黑发，碧眼黄发，无穷无尽的面影。再加上自然风光，春花秋月，夏雨冬雪，延庆密林，西山红叶，混搅成一团，简直像是七宝楼台，海市蜃楼，五光十色，迷离模糊。到了此时，我自己几乎不知置身何地了。

现在先从小事回忆起吧。

我想回忆一下中关村电子一条街。

在我居京的四十六年中，有四十年我住在清华园和燕园，都同今天的电子一条街是近邻。自从我国政府决定在海淀区成立一种经济特区以来，电子一条街就名扬四海。今天，在这里，几乎日夜车水马龙，熙熙攘攘，街两旁店铺鳞次栉比，如雨后春笋，经营的几乎都是先进技术。敏感之士已经感到，将来仅有的几家不是经营先进技术的铺子，比如说饭馆、服装店之类，将会逐渐被挤走，而代之以有能力付特高租金的店铺，将来在海淀区吃饭穿衣都要遇到困难了。我佩服这些人的先见之明。我这个人虽然也还算敏感，但还没有达到这样高的水平，我还没有这样的杞忧。我只是有时候回忆起几十年前的这个地方，心中憬然若有所悟。可惜今天有我这种感觉的人恐怕很少很少了。今天的青年，甚至中年，看到的只是眼前的繁华景象，他们想的是跃跃欲试，逐鹿于电子战场，成为胜利者，手挥微机，头戴桂冠。至于此地过去如何，确定与他们无关，何必去伤这一份脑筋呢？

我生也早，现在已近耄耋之年。早生有早生的好处，但也有早生的包袱。我现在背的就是这样的包袱。我看电子一条街，同中青年们不完全一样。我既看到现在热闹的一面，又看到过去与热闹截然相反的一面。有时候这两面在我眼前重叠起来，我很自然地就起流光如驶之感，不禁大为慨叹。这种慨叹有什么用处吗？我说不出，看来恐怕不会有多大用处。明知没有多大用处，又何苦去回忆呢？我是身不由己，无能为力。既然生早了，亲眼看到这个地方原先的情况，就无法抑制自己不去回忆。这就是我现在的包袱。

将近六十年前，当我住在清华园读书的时候，晚饭之后，有时候携一两好友漫步出校南门，边走边谈，忘路之远近，间或走得颇远。留给我印象最深的是在深秋时分，我们往往走到一处人迹罕至的地方，衰草荒烟，景象萧森，举目四望，不见人家。但见野坟数堆，暮鸦几点，上下相映，益增荒寒，回望西天，残阳如血，余晖闪熠在枯草叶上。此时我感到鬼气森森，赶快收住脚步，转身回到清华园，仿佛又回到了人间。

计算地望，我当年到的那个地方，应该就是今天的中关村、电子一条街一带。这一点是可以肯定的。我离开清华以后，再也没有到这里来过。一九四六年回到北京，也没有来过。一九五二年从城里搬到燕园，时过境迁，我对这个地方，早已忘得干干净净了。我在蓝旗营一公寓住了十年。初来时，门前的马路还没有。现在电子一条街修马路更在以后。这里修马路时，我当时的想法是，修这样宽的马路干吗呀！到了今天，马路扩展了一倍，仍然时有堵塞。仅仅三十几年，这里的变化竟如此巨大，我们的脑筋跟上时代的步伐竟如此困难。古人说沧海桑田，确有其事；论到速度，又是今非昔比了。

我从前读杨衒之《洛阳伽蓝记》、唐段成式《寺塔记》、刘肃《大唐新语》等等书籍，常做遐想。书中描绘洛阳、长安等城市升沉衍变的情况，作者一腔思古之幽情，流露于楮墨之间，读来异常亲切感人。我原以为这是古人的事，于今渺矣茫矣。但是，现在看来，我自己亲身经历的类似电子一条街这样的变迁，岂非同古人一模一样吗？唯一的区别只在于，我只经历了六七十年，而古人经历的比较长而已。六七十年在人类历史上不能算太长，但也不能说太短，中国历史上有一些朝代也不过如此。我个人的经历应该算得上一部短短的历史了。

人是非常容易怀旧的，怀旧往往能带来某一种愉快。但是，到了我这样的年龄，我看到的经历过的已经太多太多了，“悲欢离合总无情”，有时候我连怀旧都有点儿懒怠了。今天写这一篇短文，一非想怀旧，二非想思古。不过偶尔想到，觉得别人未必知道，所以就写了下来。这绝不会影响电子一条街的人士发财致富，也不会帮助他们财运亨通。当他们饱饮可口可乐之余，对他们来说，这样琐细的回忆足资谈助而已。

1988年6月11日

我爱北京

我爱北京！

我不是北京生人，但是前后在北京居住了将近五十年，算得上一个老北京了。六十年前，当我第一次从山东老家来北京的时候，还是一个不满十九岁的乡下人，没有见过大世面。一下火车，听到那些手里拿着布掸子给旅客掸土借以讨得几枚铜元的老妇人那一口抑扬顿挫、嘹亮圆润的京片子，仿佛听到仙乐一般，震撼了我内心深处。我觉得北京真是一个奇妙的好地方，一个有文化有教养的城市。我从此学会了一件事：我爱北京。

我在清华园里住了四年，然后回到故乡的一个高级中学里教了一年国文，就到欧洲去了。在那里一住就是将近十一年。一九四六年深秋，我终于倦鸟归林，又回到了北京。从那时到现在一住又是四十多年，没有迁移到任何别的城市去。今后我大概也不会移家他处，我要终老于斯了。

我爱北京！

在解放前的二十年中，北京基本上没有变，城垣高耸，宫阙连云，红墙黄瓦，相映生辉，驼铃与电车齐鸣，蓝天共碧水一色，一种古老的情味，弥漫一切。这是北京美的一方面。“无风三尺土，有雨一街泥”，这是北京并不怎样美的一方面。不管美与不美，北京在我心中总是美的。在我离开北京远赴异域的那十多年中，我不但经常想到北京，而且经常梦到北京，我是多么想赶快回到北京的怀抱里来呀！

中华人民共和国成立以后，北京，同全国人民一样，走上了一个崭新的发展阶段。城市面貌日新月异，真正达到了一天等于二十年的速度。我记得曾读过老舍先生的一篇文章（也许是亲自听他说的），他说，他这老北京，只要几天不出门，出门就吃一惊：什么地方又起了一座摩天大楼，什么地方街道变了样子，他因此甚至迷了路，走不回家来。

变化不是坏事，而是好事。可是人们的思想往往跟不上。50年代的前一半，有几年我是北京市人大代表。我记得最清楚的一件事，是拆除天安门前东西两座牌楼引起了风波。在人大全体会议上，代表们争议激烈，各不相让。最后请出了北京主管交通的一个处长，到大会上来汇报，历数这两座牌楼造成的恶性交通事故，也举出了伤亡人数。在事实面前，大家终于统一了思想，举手表决通过拆除方案。市府立即下令执行。我是一个保守思想颇浓的人，原来也属于反对拆除派。到了今天，天安门广场已经完全变了样，成为世界上最大的广场。如果当年不拆除那两座牌楼，今天摆在那里，最多像两个火柴盒，在车水马龙中，不但影响交通，而且不也显得十分滑稽吗?

我们常说，看问题要有预见性。但是，说起来容易，做起来难。我们往往囿于眼前的情况，不能自拔。及至时过境迁，才豁然开朗，恍然大悟，狠狠地吃上一服后悔药。我自己不知吃了多少后悔药，头脑才比较清醒一点儿。我深深知道，今之视昔，亦犹后之视今，但前者易而后者难。我们不应该害怕变化，否则将来还要吃后悔药的。

但是，是不是所有的变化都是好事呢?也不见得。以北京为例。北京不是没有变，而是有的地方变得过了头，在大变中应该保留一点儿不变，那就好多了。比如北京城内的核心地区，以故宫为中心，就应该比较完整地保留下来。然而这一点我们并没能做到。新建的一些摩天大楼破坏了这个地区的完整性，实在很可惜。从前人们登上景山最高处或者北海白塔，纵目南望，红墙中的黄琉璃瓦屋顶，在阳光中闪出金光，仿佛在那里波动，宛如一片黄色的海洋。这种景色世界上任何地方都是看不到的，然而现在已经遭到一些破坏，回天无术了。

又比如北京的城墙，完全可以像西安那样，有选择地保留几段，修成城垣公园，供国内外的游人登临观赏岂非天下乐事！现在却是完全、彻底、干净、全部地拆掉了。同样是回天无术了。

建设首都，可以允许同建设其他大城市有所不同。这种做法世界上不乏先例。比如说联邦德国的首都波恩，是一座相当小的城市。城内不允许建立重工业，连轻工业据说也只有一个小小的玻璃厂。城内既无污染，也没有噪音，街道洁净，空气新鲜，交通不拥挤，整个城市宛如一座安静的花园。我们为什么一定要把北京建设成一座所谓“生产的”城市呢？我觉得，这也是一个走极端的例子。联邦德国有一个“消费城市”首都波恩，美国有一个“消费城市”首都华盛顿，难道影响了它们生产力的发展吗？

我上面谈到，我初到北京时，觉得北京真是一个有文化的城市，北京人待人接物都彬彬有礼。到了今天，这种风气似乎有点儿变样了。有一些人，特别是青年人，似乎没有为这种风气所感染，有点儿“异化”了。我只希望，这只是局部的现象。我希望，所有的新老北京人都想到自己所处的地位，努力把那种优良的风气发扬光大，使我们这个泱泱大国的首都真正成为一个有文化有教养的城市，不但能为全国各族人民做出表率，而且能给国际友人以良好的印象。只有这样，我们才对得起这个千年古都。

我始终认为，北京不仅是中国人民的北京，而且是世界的北京。我曾多次站在天安门广场上，浮想联翩，上天下地，觉得脚下踏的这一块土地，内联五湖，外达四海，上凌斗牛，下镇大地，呼吸与日月相通，颦笑与十亿共享，真是一块了不起的地方。我国各族人民对北京的爱，就是对祖国的爱。世界各国人民来访中国，必须先访北京。北京，在全国人民心中，在全世界人民心中，就占有这样特殊的位置。

今天，北京似乎返老还童了。北京已经变化了，正在变化着，而且还将继续变化下去。我以垂暮之年，能生活在这个城市里，真是莫大的幸福。

我爱北京！

1989年2月28日

我爱北京的小胡同

我爱北京的小胡同，北京的小胡同也爱我，我们已经结下了永恒的缘分。

六十多年前，我到北京来考大学，就下榻于西单大仓里面的一条小胡同中一个小公寓里。白天忙于到沙滩北大三院去应试。北大与清华各考三天，考得我焦头烂额，精疲力尽。夜里回到公寓小屋里，还要忍受臭虫的围攻，特别可怕的是那些臭虫的空降部队，防不胜防。

但是，我们这一帮山东来的学生仍然能够苦中作乐。在黄昏时分，总要到西单一带去逛街。街灯并不辉煌，“无风三尺土，有雨一街泥”，也会令人不快。我们却甘之如饴。耳听铿锵清脆、悠扬有致的京腔，如闻仙乐。此时鼻管里会蓦然涌入一股幽香，是从路旁小花摊上的栀子花和茉莉花那里散发出来的。回到公寓，又能听到胡同里的叫卖声：“驴肉！驴肉！”“王致和的臭豆腐！”其声悠扬、深邃，还含有一点儿凄清之意。

这声音把我送入梦中，送到与臭虫搏斗的战场上。

将近五十年前，我在欧洲待了十多年以后，又回到了故都。这一次是住在东城的一条小胡同里：翠花胡同，与南面的东厂胡同为邻。我住的地方后门在翠花胡同，前门则在东厂胡同，据说就是明朝的特务机关东厂所在地，是折磨、囚禁、拷打、杀害所谓“犯人”的地方，冤死之人极多，他们的鬼魂据说常出来显灵，我是不相信什么鬼怪的。我感兴趣的不是什么鬼怪显灵，而是这一所大房子本身。它地跨两个胡同，其大可知。里面重楼复阁，四廊盘曲，院落错落，花园重叠，一个陌生人走进去，必然是如入迷宫，不辨东西。

然而，这样复杂的内容，无论是从前面的东厂胡同，还是从后面的翠花胡同，都是看不出来的。外面十分简单，里面十分复杂；外面十分平凡，里面十分神奇。这是北京许多小胡同共有的特点。

据说当年黎元洪大总统在这里住过。我住在这里的时候，北大校长胡适住在黎住过的房子中。我住的这个地方仅仅是这个院子的一个旮旯，在西北角上。但是这个旮旯并不小，是一个三进的院子，我第一次体会到“庭院深深深几许”的意境。我住在最深一层院子的东房中，院子里摆满了汉代的砖棺。这里本来就是北京的一所“凶宅”，再加上这些棺材，黄昏时分，总会让人感觉到鬼影幢幢，毛骨悚然，所以很少有人敢在晚上来拜访我。我每日“与鬼为邻”，倒也过得很安静。

第二进院子里有很多树木，我最初没有注意是什么树。有一个夏日的晚上，刚下过一阵雨，我走到树下，忽然闻到一股幽香。原来这些是马缨花树，现在树上正开着繁花，幽香就是从这里散发出来的。

这一下子让我回忆起十几年前西单的栀子花和茉莉花的香气。当时我是一个十九岁的大孩子，现在成了中年人。相距近二十年的两个我，忽然融合到一起来了。

不管是六十多年，还是五十年，都成为过去了。现在北京的面貌天天在改变，层楼摩天，国道宽敞。然而那些可爱的小胡同却日渐消逝，被摩天大楼吞噬掉了。看来在现实中小胡同的命运和地位都要日趋消沉，这是不可抵御的，也不一定就算是坏事。可是我仍然执着地关心我的小胡同。就让它们在我的心中占一个地位吧，永远，永远。

我爱北京的小胡同，北京的小胡同也爱我。

1993 年 10 月 25 日

我和北大图书馆

我对北大图书馆有一种特殊的感情，这种感情潜伏在我的内心深处，从来没有明确地意识到过。最近图书馆的领导同志要我写一篇讲图书馆的文章，我连考虑都没有，立即一口答应。但我立刻感到有点儿吃惊。我现在事情还是非常多的，抽点儿时间，并非易事。为什么竟立即答应下来了呢？如果不是心中早就蕴藏着这样一种感情的话，能出现这种情况吗？

山有根，水有源，我这种感情的根源由来已久了。

1946 年，我从欧洲回国。去国将近十一年，在落叶满长安（长安街也）的深秋季节，又回到了北京。在北大工作，内心感情的波动是难以形容的，既兴奋，又寂寞；既愉快，又惆怅。然而我立刻就到了一个可以安身立命的地方，这就是北大图书馆。当时我单身住在红楼，我的办公室（东语系办公室）是在灰楼。图书馆就介乎其中。承当时图书馆的领导特别垂青，在图书馆里给了我一间研究室，在楼下左侧。窗外是到灰楼去的必由之路。经常有人走过，不能说是很清静。但是在图书馆这一面，却是清静异常。我的研究室左右，也都是教授研究室，当然室各有主，但是颇少见人来。所以走廊里静如古寺，真是念书写作的好地方。我能在奔波数万里、扰攘十几年，有时梦想得到一张一尺见方的书桌而渺不可得的情况下，居然有了一间窗明几净的研究室，简直如坐天堂，如享天福了。当时我真想咬一下自己的手，看一看自己是否在做梦。

研究室的真正要害还不在窗明几净——当然，这也是必要的——而在有没有足够的书。在这一点上，我也得到了意外的满足。图书馆的领导允许我从书库里提一部分必要的书，放在我的研究室里，供随时查用。我当时是东语系的主任，虽然系非常小，没有多少学生，但是麻雀虽小，五脏俱全，仍然有一些会要开，一些公要办，所以也并不太闲。可是我一有机会，就遁入我的研究室去，“躲进小楼成一统”，这地方是我的天下。我一进屋，就能进入角色，潜心默读，坐拥书城，其乐实在是不足为外人道也。我回国以后，由于资料缺乏，在国外时的研究工作无法进行，只能有多大碗吃多少饭，找一些可以发挥自己的长处而又有利于国计民生的题目来进行研究。北大图书馆藏书甲全国大学，我需要的资料基本上能找得到，因此还能够写出一些东西来。如果换一个地方，我必如车辙中的鲋鱼那样，什么书也看不到，什么文章也写不出，不但学业上不能进步，长此以往，必将索我于鲍鱼之肆了。

作为全国最高学府的北京大学，我们有悠久的爱国主义的革命历史传统，有实事求是的学术传统，这些都是难能可贵的。但是，我认为，一个第一流的大学，必须有第一流的设备、第一流的图书、第一流的教师、第一流的学者和第一流的管理。五个第一流，缺一不可。我们北大可以说具备这五个第一流的。因此，我们有充分的基础，可以来弘扬祖国的优秀文化，为我国四化建设培养德才兼备的人才，对外为祖国争光，对内为人民立功，仰不愧于天，俯不怍于地，充满信心地走向光辉的未来。在这五个第一流中，第一流的图书馆更显得特别突出。北大图书馆是全国大学图书馆的翘楚。这是世人之公言，非我一个之私言。我们为此应该感到骄傲，感到幸福。

但是，我们全校师生员工却不能躺在这个骄傲上、这个幸福上睡大觉。我们必须努力学习，努力工作，像爱护自己的眼球一样，爱护北大，爱护北大的一草一木、一山一石，爱护我们的图书馆。我们图书馆的藏书盈架充栋，然而我们应该知道，一部一册来之不易，一页一张得之维艰。我们全体北大人必须十分珍惜爱护。这样，我们的图书馆才能有长久的生命，我们的骄傲与幸福才有坚实的基础。愿与全校同仁共勉之。

1991 年 11 月 6 日

春归燕园

凌晨，在熹微的晨光中，我到大图书馆前的草坪附近去散步。我看到许多男女大孩子，有的戴着耳机，手里拿着收音机和一本什么书；有的只在手里拿着一本书，都是凝神潜虑，目不斜视，嘴里喃喃地朗诵着外语。初升的太阳在长满黄叶的银杏树顶上抹上了一缕淡红。我们这些早晨八九点钟的太阳，面对着那一轮真正的太阳，我只感觉到满眼金光，却分不清这金光究竟是从哪里来的了。

黄昏时分，在夕阳的残照中，我又到大图书馆前的草坪附近去散步。我看到的仍然是那一些男女大孩子。他们仍然戴着耳机，手里拿着收音机和书，嘴里喃喃地跟着念。夕阳的余晖从另外一个方向在银杏树顶上的黄叶上抹上了一缕淡红。此时，我们这些早晨八九点钟的太阳，同西山的落日比起来，反而显得光芒万丈。

眼前的情景对我来说是多么熟悉然而又是多么陌生啊！

十多年以前，我曾在这风景如画的燕园里看到过类似的情景。当时我曾满怀激情地歌颂过春满燕园。虽然已是春末夏初时节，但是在我的感觉中却仍然是三春盛时，繁花似锦。我曾幻想把这春天永远留在燕园内，“留得春光过四时”，让它成为一个永恒的春天。

然而我的幻想却落了空。虽然大自然仍然岿然不动，星换斗移，每年一度，在冬天之后一定来一个春天，燕园仍然是一年一度百花争妍，万紫千红。然而对我们住在燕园里的人来说，却是“镇日寻春不见春”，宛如处在一片荒漠之中。不但没有什么永恒的春天，连刹那间春天的感觉也消逝得无影无踪了。当时我唯一的慰藉就是英国浪漫诗人雪莱的两句诗：

既然冬天到了，
春天还会远吗？

我坚决相信，春天还会来临的。

雪莱的话终于应验了，春天终于来临了。美丽的燕园又焕发出青春的光辉。我在这里终于又听到了琅琅的书声。而且在这琅琅的书声中我还听到了十多年前没有听到的崭新的东西。在这平凡的书声中我听到的难道不就是千军万马向四个现代化进军的脚步声吗？我听到的难道不就是向科学技术高峰艰苦而又乐观的攀登声吗？我听到的难道不就是那美好的理想的社会向前行进的开路声吗？我听到的难道不就是我们的青年一代内心深处的声音吗？不就是春天的声音吗？

眼前，就物候来说，不但已经不是春天，而且也已经不是夏天；眼前是西风劲吹、落叶辞树的深秋天气。“悲哉秋之为气也”，眼前是古代诗人高呼“悲哉”的时候。然而在这春之声大合唱中，在我们燕园里大图书馆前的草坪上，在黄叶丛中，在红树枝下，我看到的却是阳春艳景，姹紫嫣红。这些男女大孩子一下子变成了巨大的花朵，一霎时开满了校园。连黄叶树顶上似乎也开出了碗口大的山茶花和木棉花，红红的一片，把碧空都映得通红。至于那些“霜叶红于二月花”的霜叶，真的变成了红艳的鲜花。整个燕园变成了一座花山，一片花海。

春天又回到燕园来了啊！

而且这个春天还不限于燕园，也不限于北京，不限于中国。它伸向四海，通向五洲，弥漫全球，辉映大千。我站在这个小小的燕园里，仿佛能与全世界呼吸相通。我仿佛能够看到富士山的雪峰，听到恒河里的涛声，闻到牛津的花香，摸到纽约的摩天高楼。书声动大地，春色满寰中，这一个无所不在的春天把我们联到一起来了。它还将不是一个短暂的春天。它将存在于繁花绽开的枝头，它将存在于映日接天的荷花上，它将存在于辽阔的万里霜天，它将存在于千里冰封、万里雪飘的严冬。

一年四季，季季皆春。它是比春天更加春天的春天。它的踪迹将印在湖光塔影里，印在每一个人的心中。它将是一个真正的永恒的春天。

1979 年 1 月 1 日

燕园盛夏

走在路上，偶一抬头，看到池塘里开出了第一朵荷花，临风摇曳，红艳夺目。我不禁一愣，夏意蓦地涌上心头：盛夏原来已经悄悄地来到燕园了。

几天来，天气也确实很热。一大早，坐在窗前读书的时候，听到外面柳树丛中有一种鸟边飞边叫："快拿锄头。"心里微微地感到一点儿凉意。但是，一近中午，艳阳当顶，热气从四面八方袭来。从高树枝头飘下来的蝉声似乎都是温热的。池塘里，成群的鱼浮到有绿荫的水面上来纳凉。炎热仿佛统治了整个宇宙。

但是，最热的还不是自然界的这些，而是青年人的心。今年有两千个男女青年在这里学习了五六年之后，就要走上社会主义建设的工作岗位了。他们·方面努力温课，准备考试，要拿出最出色的成绩向祖国人民汇报；一方面又做好思想准备，要到最艰苦的地方去。伟大祖国的各个方面和各个地区，都在他们考虑之中。他们想到欣欣向荣的农村，他们想到钢水奔流、热火朝天的工厂，他们想到冰天雪地、林深草密或者大海汪洋的辽阔的边疆。他们也想到培育比他们更年轻一代的中学的课堂。对他们说来，这些地方都是最好的地方。祖国大地的每一个角落都是他们理想寄托之所在。他们想到什么地方，什么地方就在他们心中开成一朵花。

多么可爱的青年人啊！

我对这些青年人一向怀着特殊的好感。我看他们都朴素率真，平易近人。女孩子有的梳着两条长辫子，有的剪短了头发，蓬蓬松松。男孩子头发更是随便，有的还比较整齐，有的就不大在乎。他们整天嘻嘻哈哈，好像总有乐不完的事。看起来并没有什么特别惊人的地方。但是，我总觉得，他们走路时脊梁骨是直的，好像有什么东西在那里撑着他们。他们的脚底板是硬的，好像永远也不会滑倒。他们的眼睛，即使还充满了稚气，却是亮的，好像能看到许多东西，既能看到昨天和今天，又能看到明天。

今年要毕业的这一些青年人眼睛好像就更亮了。他们在党的教育下，开始看到一些他们以前不大注意的东西。我曾参加毕业同学的大会。我没有同任何人说过一句话，但是，我从他们的眼睛里好像就完全了解了他们的心情，看到他们那一颗颗火热的心。他们知道，自己现在进行的事业是人类历史上空前伟大的事业，它关系到亿万人民的解放，关系到人类的前途。进行这样的事业，路途不会是平坦的，这样或那样的风险是不可避免的。可是他们心中有数，只要跟着党走，风暴再大，也绝不会迷失方向。

同这样一些青年人在一起是幸福的。

当我像他们这样大的时候，我想的完全是另外一些事情。我脑子里常常浮起一个问题：人生的意义究竟是什么？当时很多人都有这样一个问题，学术界还曾就这个问题大讨论而特讨论。结果是越讨论越糊涂，问题还依然是问题。

解放以后，我自己逐渐解决了这个问题。要对今天的青年人来谈这个问题，他们会觉得异常的可笑，甚至不可理解。人生的意义嘛，那就是斗争，为了共产主义，为了亿万人民的幸福而斗争。这还有什么可讨论的呢？这些青年人正准备到斗争的最前线去。他们肩膀上的担子是重的，但是他们愿意担，而且只要努力，我看也担得起。

我常常在校园里静观周围的青年人。他们的打扮不一样，姿态千差万别，从事的活动也多种多样。看上去有点儿目迷五色。但是，不管是哪一个站在树下高声朗诵的男孩子，还是从实验室里走出来的女孩子；不管是哪一个在操场上奔跑的女孩子，还是拿着铁锹正在劳动的男孩子，他们在党的教育下，也都同我一样，慢慢懂得了革命的道理，有着一个共同的目的，一个伟大的目的。

无论谁，无论在什么时候，只要想到这一点，他心里就会像点上一把火。就是在酷暑的伏天，也不例外。现在就要走上工作岗位的青年人心里有这样一把火，难道不是很自然的吗?

可是，说也奇怪，心里有了这样一把火，外面天气再热，我们反而感觉不到。我们只觉得心旷神怡，清凉遍体。燕园的盛夏好像一转眼就消逝得无影无踪，眼前正是惠风和畅或金风送爽的春秋佳日，池塘里开的不是荷花，而是牡丹和菊花。

1963年7月

春满燕园

燕园花事渐衰。桃花、杏花早已开谢。一度繁花满枝的榆叶梅现在已经长出了绿油油的叶子。连几天前还开得像一团锦绣一样的西府海棠，也已落英缤纷、残红满地了。丁香虽然还在盛开，灿烂满园，香飘十里，但已显出疲惫的样子。北京的春天本来就是短的，“雨横风狂三月暮，门掩黄昏，无计留春住”。看来春天就要归去了。

但是人们心头的春天却方在繁荣滋长。这个春天，同在大自然里的春天一样，也是万紫千红、风光旖旎的。但它却比大自然里的春天更美、更可爱、更真实、更持久。郑板桥有两句诗：“闭门只是栽兰竹，留得春光过四时。”我们不栽兰，不种竹；我们就把春天栽种在心中，它不但能过今年的四时，而且能过明年、后年、不知道多少年的四时，它要常驻在我们心中，成为永恒的春天了。

昨天晚上，我走过校园，四周一片寂静，只有远处的蛙鸣划破深夜的沉寂。黑暗仿佛凝结了起来，能摸得着，捉得住。我走着走着，蓦地看到远处有了灯光，是从一些宿舍的窗子里流出来的。我心里一愣，我的眼睛仿佛有了佛经上叫作天眼通的那种神力，透过墙壁，就看了进去。我看到一位年老的教师在那里伏案苦读。他仿佛正在写文章，想把几十年的研究心得写下来，丰富我们文化知识的宝库。他又仿佛是在备课，想把第二天要讲的东西整理得更深刻、更生动，让青年学生获得更多的滋养。他也可能是在看青年教师的论文，想给他们提些意见，共同切磋琢磨。他时而低头沉思，时而抬头微笑。对他来说，这时候，除了他自己和眼前的工作以外，宇宙万物都似乎不存在。他完完全全陶醉于自己的工作中了。

今天早晨，我又走过校园。这时候，晨光初露，晓风未起。浓绿的松柏，淡绿的杨柳，大叶的杨树，小叶的槐树，成行并列，相映成趣。未名湖绿水满盈，不见一条皱纹，宛如一面明镜。还看不到多少人走路，但从绿草湖畔、丁香丛中、杨柳树下、土山高头却传来一阵阵朗诵外语的声音。倾耳细听，俄语、英语、梵语、阿拉伯语等等，依稀可辨。在很多地方，我只是闻声而不见人。但是仅仅从声音里也可以听出那种如饥似渴迫切吸收知识、学习技巧的炽热心情。这一群男女大孩子仿佛想把知识像清晨的空气和芬芳的花香那样一口气吸了下去。我走进大图书馆，又看到一群男女青年挤坐在里面，低头做数学或物理化学的习题，也都是全神贯注，鸦雀无声。

我很自然地把昨天夜里的情景同眼前的情景联系了起来。年老的一代是那样，年轻的一代又是这样，还能有比这更动人的情景吗？我心里陡然充满了说不出的喜悦。我仿佛看到春天又回到园中：繁花满枝，一片锦绣。不但已经开过花的桃树和杏树又开出了粉红色的花朵，连根本不开花的榆树和杨柳也是满树红花。未名湖中长出了车轮般的莲花。正在开花的藤萝颜色显得格外鲜艳。丁香也是精神抖擞，一点儿也不显得疲惫。总之是万紫千红，春色满园。

这难道仅仅是我一个人的幻象吗？不是的。这是我心中那个春天的反映。我相信，住在这个园子里的绝大多数的教师和同学心中都有这样一个春天，眼前也都看到这样一个春天。这个春天是不怕时间的。即使到了金风送爽、霜林染醉的时候，到了大雪漫天、一片琼瑶的时候，它也会永留心中，永留园内，它是一个永恒的春天。

1962 年 5 月 11 日

梦萦未名湖

北京大学正在庆祝九十周年华诞。对一个人来说，九十周年是一个很长的时期，九十岁就是耄耋之年。自古以来，能够活到这个年龄的只有极少数人。但是，对一个大学来说，九十周年也许只是幼儿园阶段。北京大学肯定还要存在下去的，两百年，三百年，一千年，甚至更长的时期。同这样长的时间相比，九十周年难道不就是幼儿园阶段吗？我们的校史，还有另外一种计算方法，那就是从汉代的太学算起。这绝非我的发明创造，国外不乏先例。这样一来，我们的校史就要延伸到两千来年，要居世界第一了。我们的北大还要照样存在下去的，也许三千年，四千年，谁又敢说不行呢？同将来的历史比较起来，活了两千年也只能算是如日中天，我们的学校远远没有达到耄耋之年。

一个大学的历史存在于什么地方呢？在书面的记载里，在建筑的实物上，当然是的。但是，它同样也存在于人们的记忆中。相对而言，存在于人们的记忆中，时间是有限的，但它毕竟是存在，而且这个存在更具体、更生动、更动人心魄。在过去九十年中，从北京大学毕业的人数无法统计，每个人都有自己的对母校的回忆。在这些人中，有许多在中国近代史上非常显赫的名字。离开这一些人，中国近代史的写法恐怕就要改变。这当然只是极少数人。其他绝大多数人，尽管知名度不尽相同，也都在自己的工作岗位上，对祖国的建设事业做出了自己的贡献。他们个人的情况错综复杂，他们的工作岗位五花八门。但是，我相信，有一点却是共同的：他们都没有忘记自己的母校北京大学。母校像是一块大磁石吸引住了他们的心，让他们那记忆的丝缕永远同母校挂在一起：挂在巍峨的红楼上面，挂在未名湖的湖光塔影上面，挂在燕园的四时不同的景光上面——春天的桃杏藤萝，夏天的绿叶红荷，秋天的红叶黄花，冬天的青松瑞雪；甚至临湖轩的修篁，红湖岸边的古松，夜晚大图书馆的灯影，绿茵上飘动的琅琅书声，所有这一切无不挂上校友们回忆的丝缕，他们的梦永远萦绕在未名湖畔。《沙恭达罗》里面有一首著名的诗：

你无论走得多么远也不会走出了我的心，黄昏时刻的树影拖得再长也离不开树根。

北大校友们不完全是这个样子吗！

至于我自己，我七十多年的一生（我只是说到目前为止，并不想就要做结论），除了当过一年高中国文教员，在国外工作了几年以外，唯一的工作岗位就是北京大学，到现在已经四十多年了，占了我一生的一半还要多。我于 1946 年深秋回到故都，学校派人到车站去接。汽车行驶在十里长街上，凄风苦雨，街灯昏黄，我真有点儿悲从中来。我离开故都已经十几年了，身处万里以外的异域，作为一个海外游子经常给自己描绘重逢的欢悦情景。谁又能想到，重逢竟是这般凄苦！我心头不由自主地涌出了两句诗："西风凋碧树，落叶满长安（长安街也）。"我心头有一个比深秋更深秋的深秋。

到了学校以后，我被安置在红楼的三楼。在日寇占领时期，红楼驻有日寇的宪兵队，地下室就是行刑杀人的地方，传说里面有鬼叫声。我从来不相信有什么鬼神。但是，在当时，整个红楼上下五层，寥寥落落，只住着四五个人，再加上电灯不明，在楼道的薄暗处真仿佛有鬼影飘忽。走过长长的楼道，听到自己的足音回荡，颇疑非置身人间了。

但是，我怕的不是真鬼，而是假鬼，这就是绝不承认自己是魔鬼的国民党特务，以及由他们纠集来的当打手的天桥的地痞流氓。当时国民党反动派正处在垂死挣扎阶段。号称北平解放区的北大的民主广场成了他们的眼中钉、肉中刺。红楼又是民主广场的屏障，于是就成了他们进攻的目标。他们白天派流氓到红楼附近来捣乱，晚上还想伺机进攻。住在红楼的人逐渐多起来了。大家都提高警惕，注意动静。我记得有几次甚至想用椅子堵塞红楼主要通道，防备坏蛋冲进来。这样紧张的气氛颇延续了一段时间。

恶魔们终于也没能闯进红楼，而北平却解放了。我于此时真正是耳目为之一新。这件事把我的一生明显地分成了两个阶段。从此以后，我的回忆也截然分成了两个阶段：一段是魑魅横行，黑云压城；一段是魍魉现形，天日重明。二者有天渊之别、云泥之分。北大不久就迁至城外有名的燕园中，我当然也随学校迁来，一住就住了将近四十年。我记忆的丝缕会挂在红楼上面，挂在截然不同的两个世界上，这是不言自喻的。

一住就是四十年，天天面对未名湖的湖光塔影。难道我还能有什么回忆的丝缕要挂在湖光塔影上面吗？别人认为没有，我自己也认为没有。我住房的窗子正面对未名湖畔的宝塔。一抬头，就能看到高耸的塔尖直刺蔚蓝的天空。层楼栉比，绿树历历，这一切都是活生生的现实，一睁眼，就能够明明白白地看到，哪里还用去回忆呢？

然而，世事多变。正如世界上没有一条完全平坦笔直的道路一样，我脚下的道路也不可能是完全平坦笔直的。在魍魉现形、天日重明之后，新生的魑魅魍魉仍然可能出现。我在美丽的燕园中，同一些正直善良的人们在一起，又经历了一场群魔乱舞、黑云压城的特大暴风骤雨。这在中国的历史上是空前的（我但愿它也能绝后）！我同一些善良正直的人们被关了起来，一关就是八九个月。但是，终于又像“凤凰涅槃”一般，活了下来。遗憾的是，燕园中许多美好的东西遭到了破坏。许多楼房外面墙上的爬山虎，那些有一二百年寿命的丁香花，在北京城颇有一点儿名气的西府海棠，繁荣茂盛了三四百年的藤萝，都坚决、彻底、干净、全部地被消灭了。为什么世间一些美好的花草树木也竟像人一样成了“反革命”，成了十恶不赦的罪犯呢？我百思不得其解。

我自己总算侥幸活了下来。但是，这一些为人们所深深喜爱的花草树木，却再也不能见到了。如果它们也有灵魂的话（我希望它们有），这灵魂也绝不会离开美丽的燕园。月白风清之夜，它们也会流连于未名湖畔湖光塔影中吧！如果它们能回忆的话，它们回忆的丝缕也会挂在未名湖上吧！可惜我不是活神仙，起死无方，回生乏术。它们消逝了，永远消逝了。这里用得上一句旧剧的戏词：“要相会，除非是梦里团圆。”

到了今天，这场噩梦早已消逝得无影无踪。我又经历了一次魑魅现形、天日重明的局面。近四十年来，我一直住在燕园中、未名湖畔，我那记忆的丝缕用不着再挂在未名湖上。然而，那些被铲除的可爱的花草时来入梦。我那些本来应该投闲置散的回忆的丝缕又派上了用场。它挂在苍翠繁茂的爬山虎上，芳香四溢的丁香花上，红绿皆肥的西府海棠上，葳蕤茂密的藤萝花上。这样一来，我就同那些离开母校的校友一样，也梦萦未名湖了。

尽管目前还有各种困难，但是我们未来的道路将会越走越宽广。我们今天回忆过去，绝不仅仅是发思古之幽情。我们回忆过去是为了未来。愿普天之下的北大校友：国内的、海外的、男的、女的、老的、少的，什么时候也不要割断你们对母校的回忆的丝缕，愿你们永远梦萦未名湖，愿我们大家在十年以后都来庆祝母校的百岁华诞。“但愿人长久，千里共婵娟！”

1988年1月3日

梦萦红楼

沙滩的红楼时来入梦，我同它有一段颇不寻常的因缘。

1946年深秋，我从上海乘船到了秦皇岛，又从那里乘火车到了北京（当时叫作北平）。为什么绕这样大的弯子呢？当时全国正处在第二次革命战争中，津浦铁路中断，从上海或南京到北京，除了航空以外，只能走上面说的这一条路。

我们从前门外的旧车站下车。时已黄昏，街灯惨黄，落叶满街。我这个从远方归来的游子，心中又欢悦，又惆怅，一时说不清是什么滋味，忽然吟出了两句诗："秋风吹古殿，落叶满长安（长安街也）。"迎接我们的人，把我们安置在了沙滩红楼。

提起红楼，真是大大的有名，这里是五四运动的发源地。遥忆当年全盛时期，中国近代学术史和文学史上的许多显赫人物，都曾在这里上过课。而今却是人去楼空。五层大楼，百多间房子，漆黑一片，只有我们新住进去的这几间房子给红楼带来了一点儿光明。日寇占领期间，这里是他们的一个司令部，地下室就是日寇刑讯甚至杀害中国人民的地方。现在日寇虽已垮台，逃回本国，传说地下室里时闻鬼哭声。我虽不信什么鬼神，但是，如今处在这样昏黄惨淡凄凉荒漠的气氛中，不由得不毛骨悚然，似见凄迷的鬼影。

但是，我们真正怕的不是鬼，而是人。当时中国革命形势正处在转折关头。北京市民传说，在北京有两个解放区：一在北大民主广场，一在清华园。红楼正是民主广场的屏障，学生游行示威，都从这里出发，积久遂成为国民党市党部、军统北京站，还有宪兵团之类组织的眼中钉，他们经常从天桥一带收买一批地痞、流氓、无赖、混混，手持木棒，来红楼挑衅、捣乱、见人便打。我常从红楼上看到这一批雇来的打手，横七竖八地躺在原有的那一条臭水沟边，待命出击。我们住在楼上的人，白天日子还好过一点儿。我们最怕晚上。这一批暴徒，在光天化日之下，还敢手挥木棒，行凶肆虐，到了晚上，不更会肆无忌惮为所欲为吗？有一段时间，楼上住的不多的人，天天晚上把楼内东头和西头的楼梯道用椅子堵塞，只留中间的楼梯，供我们上下之用，夜里轮流把守这楼道，在椅子群中，大有“一夫当关，万夫莫开”之势。但是，暴徒们终究没有进入红楼。当时传说，这应该归功于胡适校长，他同北平的国民党的最高头子约定：不许暴徒进北大。

这一段镇守红楼的壮举，到了今天，已经过去了半个多世纪，但是仍常有“红楼梦”。我逐渐悟出一个道理：凡是反动的政权，比如张作霖、段祺瑞、国民党等等，无不视北大如眼中钉、肉中刺。这是北大的光荣，这是北大的骄傲，很值得大书特书。

1998年3月4日

清华颂

清华园，永远占据着我的心灵。回忆起清华园，就像回忆我的母亲。

又怎能不这样呢？我离开清华已经四十多年了，中间只回去两三次。但是每次回到清华园，就像回到我母亲的身边，我内心深处油然升起幸福之感。在清华的四年生活，是我一生中最难忘、最愉快的四年。在那时候，我们国家民族正处在危急存亡的紧急关头，清华园也不可能成为世外桃源。但是园子内的生活始终是生气勃勃的，充满了活力的。民主的气氛、科学的传统始终占着主导的地位。我同广大的清华校友一样，现在所以有一点点知识，难道不就是在清华园中打下的基础吗？离开清华以后，我当然也学习了不少新知识，但是在每一个阶段，只要我感觉到学习有所收获，就立刻想到清华园，没有在那里打下的基础，所有这一切都是不可能的。

但是清华园却不仅仅是像我的母亲，而且像一首美丽的诗，它永远占据着我的心灵。

又怎能不这样呢？清华园这名称本身就充满了诗意。它的自然风光又是无限的美妙。每当严冬初过，春的信息，在清华园要比别的地方来得早，阳光似乎比别的地方多。这里的青草从融化过的雪地里探出头来，我们就知道，春天已经悄悄地来了。过不了多久，满园就开满了繁花，形成了花山、花海。再一转眼，就听到满园蝉声，荷香飘溢。等到蝉声消逝，荷花凋零，红叶又代替了红花，“霜叶红于二月花”。明月之夜，漫步在荷塘边上，充分享受朱自清先生所特别欣赏的“荷塘月色”。待到红叶落尽，白雪渐飘，满园就成了银装玉塑，“既然冬天已经到了，春天还会远吗？”我们就盼望春天的来临了。在这四时变换、景色随时改变的情况下，有一个永远不变的背景，那就是西山的紫气。“烟光凝而暮山紫”，唐朝王勃已在一千多年以前赞美过这美妙绝伦的紫色了。这样，清华园不是一首诗而是什么呢？

在人生的道路上，我已经走了不短的一段路。看来我要走的道路也还不会是很短很短的。对我来说，清华园这一幅母亲的形象，这一首美丽的诗，将在我要走的道路上永远伴随着我，永远占据着我的心灵。

1981 年 1 月 22 日

梦萦水木清华

离开清华园已经五十多年了，但是我经常想到她。我无论如何也忘不掉清华的四年学习生活。如果没有清华母亲的哺育，我大概会是一事无成的。

在30年代初期，清华和北大的门坎是异常高的。往往有几千名学生报名投考，而被录取的还不到十分之一甚至二十分之一。因此，清华学生的素质是相当高的，而考上清华，多少都有点儿自豪感。

我当时是极少数的幸运儿之一，北大和清华我都考取了。经过了一番艰苦的思考，我决定入清华。原因也并不复杂，据说清华出国留学方便些。清华和北大各有其优点，清华强调计划培养，严格训练；北大强调兼容并包，自由发展，各极其妙，不可偏执。

在校风方面，两校也各有其特点。清华校风我想以八个字来概括：清新、活泼、民主、向上。我只举几个小例子。新生入学，第一关就是“拖尸”，这是英文字 toss 的音译。意思是，新生在报到前必须先到体育馆，旧生好事者列队在那里对新生进行“拖尸”。办法是，几个彪形大汉把新生的两手、两脚抓住，举了起来，在空中摇晃几次，然后抛到垫子上，这就算是完成了手续，颇有点儿像《水浒传》里提到的杀威棒。墙上贴着大字标语：“反抗者入水！”游泳池的门确实在敞开着。我因为有同乡大学篮球队长许振德保驾，没有被“拖尸”。至今回想起来，颇以为憾：这个终生难遇的机会轻轻放过，以后想补课也不行了。

这个从美国输入的“舶来品”，是不是表示旧生“虐待”新生呢？我不认为是这样。我觉得，这里面并无一点儿敌意，只不过是对新伙伴开了一个玩笑，其实是充满了友情的。这种表示友情的美国方式，也许有人看不惯，觉得洋里洋气的。我的看法正相反。我认为清华校风清新和活泼，就是指的这种“拖尸”，还有其他一些行动。

我为什么说清华校风民主呢？我也举一个小例子。当时教授与学生之间有一条鸿沟，不可逾越。教授每月薪金高达三四百元大洋，可以购买面粉二百多袋，鸡蛋三四万个。他们的社会地位极高，往往目空一切，自视高人一等。学生接近他们比较困难，但这并不妨碍学生开教授的玩笑，开玩笑几乎都在《清华周刊》上。这是一份由学生主编的刊物，文章生动活泼，而且图文并茂。现在著名的戏剧家孙浩然同志，就常用“古巴”的笔名在《清华周刊》上发表漫画。有一天，俞平伯先生忽然大发豪兴，把脑袋剃了个净光，大摇大摆，走上讲台，全堂为之愕然。几天以后，《清华周刊》上就登出了文章，讽刺俞先生要出家当和尚。

第二件事情是针对吴雨僧（宓）先生的。他正教我们“中西诗之比较”这一门课。在课堂上，他把自己的新作十二首《空轩》诗印发给学生。这十二首诗当然意有所指，究竟指的是什么，我们说不清楚。反正当时他正在多方面地谈恋爱，这些诗可能与此有关。他热爱毛彦文是众所周知的。他的诗句“吴宓苦爱（毛彦文），三洲人士共惊闻”，是夫子自道。《空轩》诗发下来不久，校刊上就刊出了一首七律今译，我只记得前一半：

一见亚北貌似花，
顺着秫秸往上爬。
单独进攻忽失利，
跟踪钉梢也挨刷。

最后一句是：“椎心泣血叫妈妈。”诗中的人物呼之欲出，熟悉清华今典的人都知道是谁。

学生同俞先生和吴先生开这样的玩笑，觉得好玩，威严方正的教授也不以为忤。这种气氛我觉得很和谐有趣。你能说这不民主吗？清华学生一般都非常用功，但同时又勤于锻炼身体。每天下午四点以后，图书馆中几乎空无一人，而体育馆内则是人山人海，著名的“斗牛”正在热烈进行。操场上也挤满了跑步、踢球、打球的人。到了晚饭以后，图书馆里又是灯火通明，人人伏案苦读了。

我在这样的环境中生活、学习了整整四个年头，其影响当然是非同小可的。至于清华园的景色，更是有口皆碑，而且四时不同：春则繁花烂漫，夏则藤影荷声，秋则枫叶似火，冬则白雪苍松。其他如西山紫气、荷塘月色，也令人忆念难忘。

现在母校八十周年了。我可以说是与校同寿。我为母校祝寿，也为自己祝寿。我对清华母亲的依恋之情，弥老弥浓。我祝她长命千岁，千岁以上。我祝自己长命百岁，百岁以上。我希望在清华母亲百岁华诞之日，我自己能参加庆祝。

1988 年 7 月 22 日

清华梦忆

人有人格，国有国格，校也有校格。

就以北大和清华而论，两校同为全国最高学府，共同之处当然很多，但是不同之处也颇突出。这就是所谓两校校格不同。

不同之处究竟何在呢？

这是一个大题目，恐怕开上几次国际研讨会，也难以说得明白。我现在不揣谫陋，聊陈己见。

整整七十年前，在1930年，我从山东到北京（平）来考大学。来自五湖四海的五六千名学生，心目中最高的目标就是北大和清华。这两所大学门槛是异常高的，往往是几十个学生中才能录取一个。我有幸被两所大学都录取了。由于我幻想把自己这一个渺小粗陋的身躯镀上一层不管是多么薄的金子，好以此吓唬人，抢得一只好饭碗，而镀金只能出国留学，留学的机会清华比北大多一些，所以我就舍北大而取清华。

在清华住了一段时间以后，对清华的校格逐渐明确了，最后形成了初步的看法。我在北大有不少朋友，言谈之间，也了解到了北大的一些情况，于是对北大的校格也逐渐形成了一个明确的概念。我恍然小悟：两所大学的校格原来竟是有许多不同之处的。

我从小处谈起，先举一个小例子。在清华，呼唤服务的工人，一般都叫作工友。在北大，据说是叫听差。而在朝阳大学则是茶房。在清华，工人和教师、学生处于平等的地位，在北大则处于主仆的地位，而在朝阳大学则是处于雇客与旅馆杂役的地位。这是一件十分细微的末节，然而却是多么生动，多么清楚，又多么耐人寻味。

其中原因，我认为，并不复杂。清华建立的基础是美国退还的庚子赔款，完全受美国的影响，受资本主义的影响，身上没有封建的包袱。而北大则是由京师大学堂转变成的，身上背着几千年的封建传统。好的方面是文化基础雄厚，坏的方面是封建主义严重。我听人说到过——据说这并不是笑话——北大初建时，学习西方，有体操一门课，聘请了专门的体操教员，这些人当然都是平头老百姓。而被他们训练的学生则很多都是世荫的二三品大员。教员发口令时，不敢明目张胆地喊出“立正”“稍息”，于是想出了一个奇妙的办法，改变舶来的口令，大喊：“老爷们立正！”“老爷们稍息！”从这些小事也可以看出来，清华多的是资本主义，北大多的是封建主义。

但是，稍有一点儿辩证法常识的人都会知道，世间事物都是一分为二的。北大的封建主义也能产生好的效果，如果北大没有这样浓重的封建传统或者气氛，五四运动即使是注定要爆发，也绝不会是在北大。你能够想象清华会爆发反封建的五四运动吗？即使1919年清华已经建成了大学，而不是留美预备学校，这样的事情也绝不会出现的。人们常说，坏事变好事，北大的封建传统促成了改变中国面貌的启蒙运动，不正证实了这一句话吗？

五四运动对中国，特别是对中国学界，更特别是对北大，产生了深远的影响。北大学生继承了自东汉太学生起就有的关心国家大事，天下兴亡、匹夫有责的爱国主义传统，对政治动向特别敏感，到了五四运动，达到了一个高潮。从那以后，历届学生运动几乎都从北大开始就是一个证明。在这方面，清华并不落后，“一二·九”运动就是一个生动的例证。在这一点上，清华与北大是有相同之处的。

我在清华待了四年，而在北大则已经待了五十四年，是清华的十几倍。我一直到今天还在不断思考两校同异的问题。我一向不赞成西方那种以分析的思维模式为基础的一、二、三、四，A、B、C、D的分析方法，而垂青于中国的以综合的思维模式为基础的评断方法。中国古代月旦人物，品评艺术，都不采用分析的方法，而是选用几个简单的、生动的、形象的，看似模糊而实则内涵极为丰富的词语，形神毕具，给人以无量的暗示能力，给人以无限的想象活动的余地。根据这一条准则，我用四个字来表示清华的校格，这四个字是：清新俊逸。给北大的则是：凝重深厚。二者各有千秋，无所轩轾于其间。但二者是能够，也是必须互相学习的。这样做是互补的，两利的。谁要是想成为“老子天下第一”，那就必然会是“可怜无补费精神”。

以上是我对北大和清华两校校格的看法，也是我对两校的希望和祝福。

在母校将庆祝成立九十年华诞之际，《清华大学学报》（哲社版）的副主编刘石教授写信给我，要我写点儿纪念文字。这是我义不容辞的。但是，可写的东西真是太多太多了。想来想去，终于决定了写上面这一番怪论。这是我一家之言，是长期思考的结果。我希望能够在北大、清华两校找到一些知音。

2000年11月7日

两行写在泥土地上的字

夜里有雷阵雨，转瞬即停。“薄云疏雨不成泥”，门外荷塘岸边，绿草坪畔，没有积水，也没有成泥，土地只是湿漉漉的。一切同平常一样，没有什么特异之处。

我早晨出门，想到外面呼吸点儿新鲜空气，这也同平常一样，并没有什么特异之处。然而，我的眼睛一亮，蓦地瞥见塘边泥土地上有一行用树枝写成的字：

季老好 98 级日语

回头在临窗玉兰花前的泥土地上也有一行字：

来访 98 级日语

我一时懵然，莫明其妙。还不到一瞬间，我恍然大悟：98

级是今年的新生。今天上午，全校召开迎新大会；下午，东方学系召开迎新大会。在两大盛会之前，这一群（我不知道准确数目）从未谋面的十七八九岁男女大孩子们，先到我家来，带给我无法用言语形容的这一番深情厚谊。但他们恐怕是怕打扰我，便想出了这一个惊人的匪夷所思的办法，用树枝把他们的深情写在了泥土地上。他们估计我会看到的，便悄然离开了我的家门。

我果然看到他们留下的字了。我现在已经望九之年，我走过的桥比这一帮大孩子走过的路还要长，我吃过的盐比他们吃过的面还要多，自谓已经达到了“悲欢离合总无情”的境界。然而，今天，看到这两行写在泥土地上的字，我却真正动了感情，眼泪一下子涌出了眼眶，双双落到了泥土地上。

我是一个平凡的人，生平靠自己那一点儿勤奋，做出了一点儿微不足道的成绩。对此我并没有多大信心。独独对于青年，我却有自己的一套看法。我认为，我们中年人或老年人，不应当一过了青年阶段，就忘记了自己当年穿开裆裤的样子，好像自己一生下来就老成持重，对青年总是横挑鼻子竖挑眼。我们应当努力理解青年，同情青年，帮助青年，爱护青年。不能要求他们总是四平八稳，总是温良恭俭让。即使有什么“逾距”的地方，也只能耐心加以劝说，惩罚是万不得已而为之的。一个国家，一个民族，如果对自己的青年失掉了信心，那它就失掉了希望，失掉了前途。我常常这样想，也努力这样做。在风和日丽时是这样，在阴霾蔽天时也是这样。这要不要冒一点儿风险呢？要的。但我人微言轻，人小力薄，除了手中的一支圆珠笔以外，就只有嘴里那三寸不烂之舌，除了这样做以外，也没有别的办法。

大概就由于这些情况，再加上我的一些所谓文章，时常出现在报纸杂志上，有的甚至被选入中学教科书，于是普天下青年男女颇有知道我的姓名的。青年们容易轻信，他们认为报纸杂志上所说的都是真实的，就轻易对我产生了一种好感，一种情意。我现在几乎每天都能收到全国各地，甚至穷乡僻壤、边远地区青年们的来信，大中小学生都有。他们大概认为我无所不能，无所不通，而又颇为值得信赖，向我提出各种各样的问题，有的简直石破天惊，有的向我倾诉衷情。我想，有的事情他们对自己的父母也未必肯讲的，比如想轻生自杀之类，他们却肯对我讲。我读到这些书信，感动不已。我已经到了风烛残年，对人生看得透而又透，只等造化小儿给我的生命画上句号。然而这些素昧平生的男女大孩子的信，却给我重新注入了生命的活力。苏东坡的词说："谁道人生无再少？门前流水尚能西。休将白发唱黄鸡。"我确实有"再少"之感了。这一切我都要感谢这些男女大孩子。

东方学系 98 级日语专业的新生，一定就属于我在这里所说的男女大孩子们。他（她）们在五湖四海的什么中学里，读过我写的什么文章，听到过关于我的一些传闻，脑海里留下了我的影子。所以，一进燕园，赶在开学之前，就迫不及待地把自己那一份情意，用他们自己发明出来的也许从来还没有被别人使用过的方式，送到了我的家门来，惊出了我的两行老泪。我连他们的身影都没有看到，我看到的只是清塘里面的荷叶。此时虽已是初秋，却依然绿叶擎天，水影映日，满塘一片浓绿。回头看到窗前那一棵玉兰，也是翠叶满枝，一片浓绿。绿是生命的颜色，绿是青春的颜色，绿是希望的颜色，绿是活力的颜色。这一群男女大孩子正处在平常人们所说的绿色年华中，荷叶和玉兰所象征的正是他们。我想，他们一定已经看到了绿色的荷叶和绿色的玉兰。他们的影子一定已经倒映在荷塘的清水中。虽然是转瞬即逝，连他们自己也未必注意到。可他们与这一片浓绿真可以说是相得益彰，溢满了活力，充满了希望，将来左右这个世界的，决定人类前途的正是这一群年轻的男女大孩子们。他们真正让我“再少”，他们在这方面的力量绝不亚于我在上面提到的那些全国各地青年的来信，我虔心默祷——虽然我并不相信——造物主能从我眼前的八十七岁中抹掉七十年，把我变成一个十七的少年，使我同他们一起学习，一起娱乐，共同分享普天下的凉热。

1998年9月25日

赞通州大顺斋——居京琐记

也许有人认为，吃喝小道，不登大雅之堂。但是，我却认为，吃喝关系到一个民族的文化，是一个民族有无文化或文化高低的一种表现，实系大道，绝非小道。中国烹调技术名扬四海，与中华民族的光辉文化传统有密切联系。这一点恐怕是中外所公认的。

北京和全国各地都有一些有名的食品和酒类。有的有上百年的历史，有的甚至几百年。这些东西受到全国人民的赞赏，在国外也为中华民族争得荣誉。其意义恐尚在乒乓球和围棋之上。

然而令人担忧的是，有很多名产，质量不是精益求精，而是江河日下。我个人认为，这与当前的社会风气有关，严格说来，甚至与某些人的民族素质有关。这无助于为中华增光，而只能为祖国抹黑，可惜还没有引起人们的注意。也许有人怀疑我这是“无限上纲”。我不承认这一点。我相信，了解我心情者必大有人在。

最近我偶然吃了几次通州大顺斋的点心。五十年前我在北京念书时就曾吃过。我觉得这些点心制作精美，绝不偷工减料，小小的几块点心具体生动地表现出大顺斋工人师傅的制作水平，甚至表现出他们的内心世界。他们在当今并不能说是良好的社会风气中的中流砥柱。这绝不是一件小事情。我忍不住要为他们唱一唱赞歌。我们应当大力提倡这种精神，我也希望北京内外的其他名产向大顺斋看齐，不要砸自己名产的锅，而是让名产名副其实。这对当前的社会风气也将是一个针砭。

我最后在这里声明一句：我绝非美食家。我平常吃东西比较马虎。我觉得一个人如果把全部精力都放在吃喝上，其风格绝不算高。但是口之于味，有同嗜焉。我的舌头同别人的一样，不生病时，舌苔并不厚。所以倘是好东西，我也能尝出味道来。我为什么这样声明呢？我以杂家名家久矣，现在如果再戴上一顶美食家的帽子，岂不大可哀哉！

1988年5月12日

《家居北京五十年》序

北京是名副其实的古都。古代的事情且不必说，从 15 世纪初明成祖建都北京以后，明清两代相沿未变。只是到了现代，国民党政府曾一度将首都移至南京。1949 年，中华人民共和国建立，又定都于北京。因此，我们可以说，将近六百年的漫长历史时期，北京基本上一直是中国的政治中心和文化中心，所谓“首善之区”。

这是北京的光荣，这是北京人的骄傲。

但是，倘若仔细分析起来，这六百年的发展并不平衡。根据我的看法，粗略地说，这六百年可以分为两段：前一段占去五百五十年，后一段占去五十年。无论是从外貌上来看，还是从精神上来看，后一段的变化远远超过前一段。城墙拆掉，牌楼推倒，街道越拓越宽，大楼越盖越高。记得老舍先生曾亲口对我说：“几天不出门，再回家，就找不到自己的家门了。”再回想远一点儿，六十多年前，我在北京上大学的时候，老百姓口中有一联诗："无风三尺土，有雨一街泥。"在刮风天出门，回来后满脸灰尘，蔽目盈耳。北大沙滩的红楼是北京呱呱叫的高楼，有轨电车稀里哗啦地响在马路上。说到吃的东西，冬天只有大白菜、土豆、萝卜老三样。黄瓜是席上珍品，在冬天只有前门外的六必居能买到，装在蒲包里，外贴红签，一条值大洋一元二毛，够我们学生十天的饭费。

然而，今天怎样了呢？北京人人都看得见的，餐桌上的山珍海味、鸡鸭鱼肉不必细说，专就蔬菜来谈，黄瓜整年都有，欧洲的、美洲的、非洲的，以前连想都不敢想的蔬菜，几乎天天都有新品种上桌，连我这个在国外待过十多年的老牌留学生都瞠目结舌。但是，天底下闪光的不都是金子。我们的舌头已经变得越来越麻木，吃什么东西都不感到特别鲜美，连冬天吃黄瓜也无复当年的味道。欲求美味，只有到回忆里去寻找了。

古今中外，各色人等，大都有怀旧的癖好。中国的诸子百家莫不皆然。儒家怀念尧舜禹汤文武周孔，道家怀念"鸡犬之声相闻，民至老死不相往来"的境界，晋代的陶渊明认为"羲皇上人"是理想的人物。我曾提出一个"理论"，怀旧有时候能净化人们的灵魂。不管是回忆欢乐的事，还是愁苦的事，都能起到这个作用。连回忆自己在牛棚里随时听到"混蛋！""王八蛋！""妈的 ×！"的叱骂声时，也都会产生一点儿"甜意"，因为这再也不会有了。时间的距离可能在里面起了作用。

书中的一百多篇回忆文字，我一篇都没有读过。根据介绍，他们的故事有的清秀隽永，有的玲珑雅致，犹如一幅幅绚丽多姿的图画。我是相信这样的介绍的。因为，我在上面已经讲到，欢乐的事和愁苦的事，回忆起来都能予人以美感。我不是北京人，但是“家居北京五十年”的资格，我却是有的。我在北京的五十年不是风平浪静的，有惊涛骇浪，有柳暗花明；有黑云压城，也有春光旖旎。但是，现在回忆起来，总免不了感到温馨。我们要把这个五十年同以前的五百五十年区分开来，爱我北京，就是爱我祖国，未有不爱北京而爱祖国者。回忆也不可能没有遗憾，比如北京拆掉城墙，对很多人来说，就是一件永远无法弥补的憾事。任何人、任何组织都不能不犯错误。明朝的张岱说：“人无疵不可与交，以其无真气也。”初读似颇荒唐，细味极有道理。即使北京有遗憾，我们还是要爱北京的，我们还是要爱祖国的。

1999年7月16日

第三辑

风义平生师友间

记北大 1930 年入学考试

1930 年，我高中毕业。当时山东只有一个高中，就是杆石桥山东省立高中，文理都有，毕业生大概有七八十个人。除少数外，大概都要进京赶考的。我之所谓“京”是一个形象的说法，就是指的北京，当时还叫“北平”。山东有一所大学：山东大学，但是名声不显赫，同北京的北大、清华无法并提。所以，绝大部分高中毕业生都进京赶考。

当时北平的大学很多。除了北大、清华以外，我能记得来的还有朝阳大学、中国大学、郁文大学、平民大学、辅仁大学、燕京大学等。还有一些只有校名、没有校址的大学，校名也记不清楚了。

有的同学大概觉得自己底气不足，报了五六个大学的名。报名费每校三元，有几千学生报名，对学校来说是一笔不小的收入。我本来是一个上不得台盘的人，新育小学毕业就没有勇气报考一中。但是，高中一年级时碰巧受到了王寿彭状元的奖励。于是虚荣心起了作用：既然上去，就不能下来！结果三年高中，六次考试，我考了六个第一名。心中不禁“狂”了起来。

我到了北平，只报了两个学校：北大与清华。结果两校都录取了我。经过反复的思考，我弃北大而取清华。后来证明我这个判断是正确的。否则我就不会有留德十年。没有留德十年，我以后走的道路会是完全不同的。

那一年的入学考试，北大就在沙滩，清华因为离城太远，借了北大的三院做考场。清华的考试平平常常，没有什么特异之处。北大则极有特色，至今忆念难忘。首先国文题就令人望而生畏，题目是“何谓科学方法？试分析评论之”。又要“分析”，又要“评论之”，这究竟是考学生什么呢？我哪里懂什么“科学方法”。幸而在高中读过一年逻辑，遂将逻辑的内容拼拼凑凑，写成了一篇答卷，洋洋洒洒，颇有一点儿神气。北大英文考试也有特点。每年必出一首旧诗词，令考生译成英文。那一年出的是：“别来春半，触目愁肠断。砌下落梅如雪乱，拂了一身还满。”所有的科目都考完以后，又忽然临时加试一场英文 dictation。一个人在上面念，让考生整个记录下来。这玩意儿我们山东可没有搞。我因为英文单词记得多，整个故事我听得懂，大概是英文《伊索寓言》一类书籍抄来的罢。总之，我都写了下来。仓皇中把 suffer 写成了 safer。

我们山东赶考的书生们经过了这几大灾难才仿佛井蛙从井中跃出，大开了眼界，了解到了山东中学教育水平是相当低的。

2003 年 9 月 28 日

他实现了生命的价值
——悼念朱光潜先生

听到孟实先生逝世的消息，我的心情立刻沉重起来。这消息对我并不突然，因为他毕竟是快九十岁的人了，而且近几年来，身体一直不好。但是，如果他能再活上若干年，对我国的学术界，对我自己，不是更有好处吗？

现在，在北京大学内外，还颇有一些老先生可以算作我的师辈。因为，我当学生的时候，他们已经是教授了。但是，我真正听过课的老师，却只剩下孟实先生一人。按旧日的习惯，我应该称他为业师。在今天的新社会中，师生关系内容和意义都有了一些改变。但是，尊师重道仍然是我们要大力提倡的。我对于我这一位业师，一向怀有深深的敬意。而今后，这敬意的接受者就少了重要的一个。

五十多年前，我在清华大学西洋文学系念书。我那时二十岁上下。孟实先生是北京大学的教授，在清华大学兼课，年龄大概三十四五岁。他只教一门文艺心理学，实际上就是美学，这是一门选修课。我选了这门课，认真地听了一年。当时我就感觉到，这一门课非同凡响，是我最满意的一门课，比那些英、美、法、德等国来的外籍教授所开的课好到不能比的程度。朱先生不是那种口若悬河的人，他的口才并不好，讲一口带安徽味的蓝青官话，听起来并不“美”。看来他不是一个演说家，讲课从来不看学生，两只眼向上翻，看的好像是天花板上或者窗户上的某一块地方。然而却没有废话，每一句话都清清楚楚。他介绍西方各国流行的文艺理论，有时候举一些中国旧诗词作例子，并不牵强附会，我们一听就懂。对那些古里古怪的理论，他确实能讲出一个道理来，我听起来津津有味。我觉得，他是一个有学问的人，一个在学术上诚实的人，他不哗众取宠，不用连自己都不懂的“洋玩意儿”去欺骗、吓唬年轻的中国学生。因此，在开课以后不久，我就爱上了这门课，每周盼望上课，成为我的乐趣了。

孟实先生在课堂上介绍了许多欧洲心理学家和文艺理论家的新理论，比如李普斯的感情移入说，还有什么人的距离说，等等。他们从心理学方面，甚至从生理学方面来解释关于美的问题。其中有不少理论我觉得是有道理的，一直到今天我仍然记忆不忘。要说里面没有唯心主义成分，那是不能想象的。但是资产阶级的科学家，只要是一个有良心、不存心骗人的人，他总是会在不同程度上正视客观实际的，他的学说总会有合理成分的。我们倒洗澡水不应该连婴儿一起倒掉。达尔文和爱因斯坦难道不是资产阶级的科学家吗？但是，你能说，他们的学说完全不正确吗？我们过去有一些人习惯于用贴标签的办法来处理学术问题，把极其复杂的学术问题过分地简单化了。这不利于学术的发展。孟实先生完全不属于这一类人。他老老实实，本本分分，自己认识到什么程度，就讲到什么程度，一步一个脚印，无形中影响了学生。

离开清华以后，我出国一住就是十年。在这期间，国内正在奋起抗日，国际上则是第二次世界大战。“烽火连三月，家书抵亿金”。在一段相当长的时间内，我完全同祖国隔离，什么情况也不知道，1946 年回国，立即来北大工作。那时孟实先生也转来北大。他正编一个杂志，邀我写文章。我写了一篇介绍《五卷书》的文章，发表在那个杂志上。他住的地方离我的住处不远。他的办公室（他当时是西方语言文学系主任，我是东方语言文学系主任）和我的办公室相隔也不远。但是我无论如何也回忆不起来，我曾拜访过他。说起来似乎是件怪事，然而却是事实。现在恐怕有很多人认为我是什么“社会活动家”。其实我的性格毋宁说是属于孤僻一类，最怕见人。我的老师和老同学很多，我几乎是谁都不拜访。天性如此，无可奈何，而今就是想去拜访孟实先生，也完全不可能了。

我因为没有在重庆或者昆明待过，对于抗战时期那里的情况完全不了解。对于朱先生当时的情况也完全不清楚。到了北平以后，听了三言两语，我有时候也同几个清华的老同学窃窃私议过。到了 1949 年北平解放前夕，按朱先生的地位，他完全有资格乘南京派来的专机离开中国大陆的。然而他没有这样做，他毅然留了下来，等待北平的解放。其中的细节，我完全不清楚。然而这件事却给我留下了深刻的印象：朱先生毕竟是经受住了考验，选择了一条唯一正确的道路。

我常常想，在解放前，中国的知识分子大概分为三类：先知先觉的、后知后觉的、不知不觉的。第一类是少数，第三类也是少数。孟实先生（还有我自己），在政治上不是先知先觉，但又绝非不知不觉。爱国无分少长，革命难免先后，这恐怕是一条规律。孟实先生同一大批旧社会来的知识分子一样，经过了几十年的观察与考验、前进和停滞，既走过阳关大道，也走过独木小桥，最终还是认识了真理，认为共产党指出的道路是唯一正确的，因而坚定不移地在这一条路上走下去。到了前几年，我读到他在抗战期间在重庆给周扬同志写的一封信，我才知道，他对国民党并不满意，他也向往延安。我心中暗自谴责：我没有能全面了解孟实先生。总之，我认为，孟实先生一生是大节不亏的。他走的道路是一切正直的中国知识分子都应该走的道路。

“四人帮”垮台以后，天日重明，孟实先生以古稀之年，重又精神抖擞，从事科研、教学和社会活动。他的生活异常地有规律。每天早晨，人们总会看到一个瘦小的老头在大图书馆前漫步。在工作方面，他抓得非常紧，他确实达到了壮心不已的程度。他译完了黑格尔的美学，又翻译维柯的著作。这些著作内容深奥，号称难治，能承担这种翻译工作的，并世没有第二人，孟实先生以他渊博的学识和湛深的外语水平，兢兢业业，勤勤恳恳，争分夺秒，锲而不舍，“焚膏油以继晷，恒兀兀以穷年”，终于完成了这项艰巨的工作，给我们留下了宝贵的财富，得到了学术界普遍的赞扬。

孟实先生学风谨严，一丝不苟，谦虚礼让，不耻下问。他曾多次问到我关于古代印度宗教的问题。他对中外文学都有精湛的研究，这是学术界公认的。他的文笔又流利畅达，这也是学者中间少有的。思想改造运动时，有人告诉我说是喜欢读朱先生写的自我批评的文章。我当时觉得非常可笑：这是什么时候呀，你居然还有闲情逸致来欣赏文章！然而这却是事实，可见朱先生文章感人之深。他研究中外文艺理论，态度同样严肃认真。他翻译外国名著，也是句斟字酌，不轻易下笔。严复说：“一名之立，旬月踟蹰。”我在朱先生身上也发现了这种认真负责的态度。解放后，他努力学习辩证唯物主义和历史唯物主义，并以此指导自己的研究工作，给我们树立了榜样。

现在，孟实先生离开了我们。他一生执着追求，没有偷懒。将近九十年的漫长道路，走过来并不容易。峰回路转，柳暗花明，他都碰到过。顺利与挫折，他都经受过。但是，他在千辛万苦之后，毕竟找到了真理，热爱祖国，热爱社会主义，找到了一个中国知识分子的最好的归宿。现在人们常谈生命的价值，我认为，孟实先生是实现了生命的价值的。

听到孟实先生逝世的消息时，我并没有流泪，但是在写这篇短文时，却几次泪如泉涌。生生死死，自然规律，任何人也改变不了。古人说："大块劳我以生，息我以死。"孟实先生，安息吧！你的形象将永远留在你这一个年迈而不龙钟的学生的心中。

1986 年 3 月

悼念沈从文先生

去年有一天，老友肖离打电话告诉我，从文先生病危，已经准备好了后事。我听了大吃一惊，悲从中来，一时心血来潮，提笔写了一篇悼念文章，自诧为倚马可待，情文并茂。然而，过了几天，肖离又告诉我说，从文先生已经脱险回家。我心里一块石头落了地，又窃笑自己太性急，人还没去，就写悼文，实在非常可笑。我把那一篇“杰作”往旁边一丢，从心头抹去了那一件事，稿子也沉入书山稿海之中，从此“云深不知处”了。

到了今年，从文先生真正去世了。我本应该写点儿什么的。可是，由于有了上述一段公案，懒于再动笔，一直拖到今天。同时我注意到，像沈先生这样一个人，悼念文章竟如此之少，有点儿不太正常，我也有点儿不平。考虑再三，还是自己披挂上阵吧。

我认识沈先生已经五十多年了。当我还是一个大学生的时候，我就喜欢读他的作品。我觉得，在所有的并世的作家中，文章有独立风格的人并不多见。除了鲁迅先生之外，就是从文先生。他的作品，只要读上几行，立刻就能辨认出来，绝不含糊。他出身湘西的一个破落小官僚家庭，年轻时当过兵，没有受过多少正规的教育。他完全是自学成家。湘西那一片有点儿神秘的土地，其怪异的风土人情，通过沈先生的笔而大白于天下。湘西如果没有像沈先生这样的大作家和像黄永玉先生这样的大画家，恐怕一直到今天还是一片充满了神秘的 terra incognita（没有人了解的土地）。

我同沈先生打交道，是通过一件不大不小的事情。丁玲的《母亲》出版以后，我读了觉得有一些意见要说，于是写了一篇书评，刊登在郑振铎、靳以主编的《文学季刊》创刊号上。刊出以后，我听说，沈先生有一些意见。我于是立即写了一封信给他，同时请求郑先生在《文学季刊》创刊号再版时，把我那一篇书评抽掉。也就是由于这个不能算是太愉快的因缘，我们认识了。我当时是一个穷学生，沈先生是著名的作家。社会地位，虽不能说如云泥之隔，毕竟差一大截子。可是他一点儿名作家的架子也不摆，这使我非常感动。他同张兆和女士结婚，在北京前门外大栅栏撷英番菜馆设盛大宴席，我居然也被邀请。当时出席的名流如云。证婚人好像是胡适之先生。

从那以后，有很长的时间，我们并没有多少接触。我到欧洲去住了将近十一年。他在抗日烽火中在昆明住了很久，在西南联大任国文系教授。彼此音问断绝。他的作品我也读不到了。但是，有时候，不知是出于什么原因，我在饥肠辘辘、机声嗡嗡中，竟会想到他。我还是非常怀念这一位可爱、可敬、淳朴、奇特的作家的。

一直到 1946 年夏天，我回到祖国。这一年的深秋，我终于又回到了别离了十几年的北平。从文先生也于此时从云南复员来到北大，我们同在一个学校任职。当时我住在翠花胡同，他住在中老胡同，都离学校不远，因此我们也相距很近，见面的次数就多了起来。他曾请我吃过一顿相当别致、毕生难忘的饭：云南有名的汽锅鸡。锅是他从昆明带回来的，外表看上去像宜兴紫砂，上面雕刻着花卉书法，古色古香，虽系厨房用品，然却古朴高雅，简直可以成为案头清供，与商鼎周彝斗艳争辉。

就在这一次吃饭时，有一件小事给我留下了深刻的印象。当时要解开一个用麻绳捆得紧紧的什么东西。只需用剪子或小刀轻轻地一剪一割，就能开开。然而从文先生却抢了过去，硬是用牙把麻绳咬断。这一个小小的举动，有点儿粗劲，有点儿蛮劲，有点儿野劲，有点儿土劲，并不高雅，并不优美。然而，它却完全透露了沈先生的个性。在达官贵人、高等华人眼中，这简直非常可笑，非常可鄙。可是，我欣赏的却正是这一种劲头。我自己也许就是这样一个“土包子”，虽然同那一些只会吃西餐、穿西装、半句洋话也不会讲偏又自认为是“洋包子”

的人比起来，我并不觉得低他们一等。不是有一些人也认为沈先生是“土包子”吗？

还有一件小事，也使我忆念难忘。有一次我们到什么地方去游逛，可能就是中山公园之类。我们要了一壶茶。我正要拿起壶来倒茶，沈先生连忙抢了过去，先斟出了一杯，又倒入壶中，说只有这样才能把茶味调得均匀。这当然是一件微不足道的小事，然而在琐细中不是更能看到沈先生的精神吗？

小事过后，来了一件大事：我们共同经历了北平的解放。在这个关键时刻，我并没有听说从文先生有逃跑的打算。他的心情也是激动的，虽然他并不故作革命状，以达到某种目的，他仍然是朴素如常。可是厄运还是降临到他头上来。一个著名的马列主义文艺理论家，在香港出版的一个“进步”的文艺刊物上，发表了一篇长文，题目大概是什么《文坛一瞥》之类，前面有一段相当长的修饰语。这一位理论家视觉似乎特别发达，他在文坛上看出了许多颜色。他“一瞥”之下，就把沈先生“瞥”成了粉红色的小生。我没有资格对这一篇文章发表意见。但是，沈先生好像是当头挨了一捧，从此被“瞥”下了文坛，销声匿迹，再也不写小说了。

一个惯于舞笔弄墨的人，一旦被剥夺了写作的权利，他心里是什么滋味，我说不清；他有什么苦恼，我也说不清。然而，沈先生并没有因此而消沉下去。文学作品不能写，还可以干别的事嘛。他是一个精力旺盛的人，他是一个闲不住的人，他转而研究起中国古代的文物来，什么古纸、古代刺绣、古代衣饰等等，他都研究。凭着那股惊人的钻研能力，过了没有多久，他就在新开发的领域内取得了可喜的成绩。他那一本讲中国服饰史的书，出版以后，洛阳纸贵，受到国内外一致的高度赞扬。他成了这方面的权威。他自己也写章草，又成了一个书法家。

有点儿讽刺意味的是，正当他手中写小说的笔被“瞥”掉的时候，从国外沸沸扬扬传来了消息，说国外一些人士想推选他作诺贝尔文学奖的候选人。我在这里着重声明一句，我们国内有一些人特别迷信诺贝尔奖，迷信的劲头非常可笑。试拿我们中国没有得奖的那几位文学巨匠同已经得奖的欧美的一些作家来比一比，其差距简直有如高山与小丘。同此辈争一日之长，有这个必要吗！推选沈先生当候选人的事是否进行过，我不得而知。沈先生怎样想，我也不得而知。我在这里提起这一件事，只不过把它当作沈先生一生中一个小小的插曲而已。

我曾在几篇文章中都讲到，我有一个很大的缺点（优点？），我不喜欢拜访人。有很多可尊敬的师友，比如我的老师朱光潜先生、董秋芳先生等等，我对他们非常敬佩，但在他们健在时，我很少去拜访。对沈先生也一样。偶尔在什么会上，甚至在公共汽车上相遇，我感到非常亲切，他好像也有同样的感情。他依然是那样温良、淳朴，时代的风风雨雨在他身上，似乎没有留下什么痕迹，说白了就是没有留下伤痕。一谈到中国古代科技、艺术等等，他就喜形于色，眉飞色舞，娓娓而谈，如数家珍，天真得像一个大孩子。这更增加了我对他的敬意。我心里曾几次动过念头：去看一看这一位可爱的老人吧！然而，我始终没有行动。现在人天隔绝，想见面再也不可能了。

有生必有死，是大自然的规律。我知道，这个规律是违抗不得的，我也从来没有想去违抗。古代许多圣君贤相，聪明一世，糊涂一时，想方设法，去与这个规律对抗，妄想什么长生不老，结果却事与愿违，空留了一场笑话。这一点我很清楚。但是，生离死别，我又不能无动于衷。古人云："太上忘情。"我是一个微不足道的凡人，无论如何也做不到忘情的地步，只有把自己钉在感情的十字架上了。我自谓身体尚硬朗，并不服老。然而，曾几何时，宛如黄粱一梦，自己已接近耄耋之年。许多可敬可爱的师友相继离我而去。此情此景，焉能忘情？现在从文先生也加入了去者的行列。他一生安贫乐道，淡泊宁静，死而无憾矣。对我来说，忧思却着实难以排遣。像他这样一个有特殊风格的人，现在很难找到了。我只觉得大地茫茫，顿生凄凉之感。我没有别的本领，只能把自己的忧思从心头移到纸上，如此而已。

1988年11月2日写于香港中文大学会友楼

回忆雨僧（吴宓）先生

雨僧（吴宓）先生离开我们已经十多年了。作为他的受业弟子，我同其他弟子一样，始终在忆念着他。

雨僧先生是一个奇特的人，身上也有不少的矛盾。他古貌古心，同其他教授不一样，所以奇特。他言行一致，表里如一，同其他教授不一样，所以奇特。别人写白话，写新诗；他偏写古文，写旧诗，所以奇特。他反对白话文，但又十分推崇用白话文写成的《红楼梦》，所以矛盾。他看似严肃、古板，但又颇有一些恋爱的浪漫史，所以矛盾。他能同青年学生来往，但又凛然、俨然，所以矛盾。

总之，他是一个既奇特又矛盾的人。

我这样说，不但丝毫没有贬意，而且是充满了敬意。雨僧先生在旧社会是一个不同流合污、特立独行的畸人，是一个真正的人。

当年在清华读书的时候，我听过他几门课："英国浪漫诗人”“中西诗之比较”等。他讲课认真、严肃，有时候也用英文讲，议论时有警策之处。高兴时，他也把自己新写成的旧诗印发给听课的同学，十二首《空轩》就是其中之一。这引得编《清华周刊》的学生秀才们把他的诗译成白话，跟他开了一个不大不小而又无伤大雅的玩笑。他一笑置之，不以为忤。他的旧诗确有很深的造诣，同当今想附庸风雅的、写一些根本不像旧诗的“诗人”，绝不能同日而语。他的“中西诗之比较”实际上讲的就是比较文学。当时这个名词还不像现在这样流行。他实际上是中国比较文学的奠基人之一，值得我们永远怀念。

他坦诚率真，十分怜才。学生有一技之长，他绝不掩没，对同事更是不懂得什么叫忌妒。他在美国时，结识了陈寅恪先生。他立即驰书国内，说：“合中西新旧各种学问而统论之，吾必以寅恪为全中国最博学之人。”也许就是由于这个缘故，他在清华作为西洋文学系的教授而一度兼任国学研究院的主任。

他当时给天津《大公报》主编一个《文学副刊》。我们几个喜欢舞笔弄墨的青年学生，常常给副刊写点儿书评一类的短文，因而无形中就形成了一个小团体。我们曾多次应邀到他那在工字厅的住处：藤影荷声之馆去做客，也曾被请在工字厅的教授们的西餐厅去吃饭。这在当时教授与学生之间存在着一条看不见但感觉到的鸿沟的情况下，是非常难能可贵的。至今回忆起来还感到温暖。

我离开清华以后，到欧洲去住了将近十一年。回到国内时，雨僧先生留在四川，没有回来。其中原因，我不清楚，也没有认真去打听。但是，我心中却有一点儿疑团：这难道会同他那耿直的为人有某些联系吗？是不是有人早就把他看作眼中钉了呢？在这漫长的几十年内，我只在60年代初期，在燕东园李赋宁先生家中拜见过他。以后就再没有见过面。

雨僧先生这样一个奇特的人，这样一个不同流合污、特立独行的人，是会受到他的朋友们和弟子们的爱戴和怀念的。现在编集的这一本《回忆吴宓先生》就是一个充分的证明。

他的弟子和朋友都对他有自己的一份怀念之情，自己的一份回忆。这些回忆不可能完全一样，因为每一个人都有自己观察事物和人物的角度和特点。但是又不可能完全不一样。因为回忆的毕竟是同一个人——我们敬爱的雨僧先生。这一部回忆录就是这样一部既不一样又不不一样的汇合体。从这个一样又不一样的汇合体中可以反照出雨僧先生整个的性格和人格。

我是雨僧先生的弟子之一，在贡献上我自己那一份回忆之余，又应编者的邀请写了这一篇序。这两件事都是我衷心愿意去做的。也算是我献给雨僧先生的心香一瓣吧。

1989年3月22日

哭冯至先生

对我来说，真像是晴空一声霹雳：冯至先生走了，永远永远地走了。

要说我一点儿都没有想到，也不是的。他毕竟已是达到了米寿高龄的人了。但是，仅仅在一个多月以前，我去看过他。我看他身体和精神都很好，心中暗暗欣慰。他告诉我说，他不大喜欢有一些人去拜访他，但我是例外。他再三想把我留住，情真意切，见于辞色。可是我还有别的事，下了狠心辞别。我同他约好，待到春暖花开之时，接他到燕园里住上几天，会一会老朋友，在园子里漫游一番，赏一赏他似曾相识的花草树木。我哪里会想到，这是我们长达半个多世纪的友谊的最后一次谈话。如果我当时意识到的话，就是天大的事，我也会推掉的，陪他谈上几个小时，可是我离开了他。如今一切都成为过去。晚了，晚了，悔之晚矣！我将抱恨终天了！

我认识冯至先生的过程，现在回想起来，仿佛已经成了历史。他长我六岁，我们不是同学，因此在国内没有见过面。当我到德国去的时候，他已经离开那里，因此在国外也没有能见面。但是，我在大学念书的时候，就读过他的抒情诗，对那一些形神俱臻绝妙的诗句，我无限向往，无比喜爱。鲁迅先生赞誉他为中国最优秀的抒情诗人，我始终认为这是至理名言。因此，对抒情诗人冯至先生，我真是心仪已久了。

一直到 1946 年，我们才见了面。这时，我从德国回来，在北京大学东语系任教，冯先生在西语系，两系的办公室挨着，见面的机会就多了。

在这期间，给我留下印象最深的，不是北大的北楼，而是中德学会所在地，一所三进或四进的大四合院。这里的房屋建筑古色古香。虽无曲径通幽之趣，但回廊重门也自有奇趣。院子很深，“庭院深深深几许”，把市声都阻挡在大门外面，院子里静如古寺，一走进来，就让人觉得幽寂怡性。冯至先生同我，还有一些别的人，在这里开过许多次会。我在这里遇到了许多人，比如毕华德、张星烺、袁同礼、向达等等，现在都已作古。但是，对这一段时间的回忆，却永远不会消逝。

很快就到了 1948 年冬天，解放军把北京团团围住。北大一些教授，其中也有冯先生，在沙滩孑民堂里庆祝校庆，城外炮声隆隆，大家不无幽默地说，这是助庆的鞭炮。可见大家并没有身处危城中的恐慌感，反而有所期望，有所寄托。校长胡适乘飞机仓皇逃走，只有几个教授与他同命运，共进退。其余的都留下了，等待解放军进城。冯先生就是其中之一。

过去，我常常想，也常常说，对中国旧社会的知识分子来说，解放是一场严峻考验，是大节亏与不亏的考验。在这一点上说，冯至先生是大节不亏的。但是，我想做一点儿补充或者修正。由于政治信念不同，当时离开大陆的也不见得都是大节有亏的。在这里，标准只有一个，就是看他爱不爱国。只要爱我们伟大的祖国，待在哪里，都无亏大节。爱国无分先后，革命不计迟早。这是我现在的想法。

总之，在这考验的关头，冯至先生留下来了，我也留下来了，许许多多的教授都留下来了。我们共同度过一段欢喜、激动、兴奋、甜美的日子。

跟着来的是长达四十年的漫长的开会时期。记得50年代在一次会上，周扬同志笑着对我们说："国民党的税多，共产党的会多。"冯至先生也套李后主的词说："春花秋月何时了？开会知多少！"他们二位并没有什么恶意，但是从他们的苦笑中也可以体会出一点儿苦味，难道不是这样吗？

幸乎？不幸乎？他们两位的话并没有错，在我同冯至先生长达四十多年的友谊中，我对他的回忆，几乎都同开会联在一起。

常言道："时势造英雄。"解放这一个时势，不久就把冯至先生和我都造成了“英雄”。不知怎样一来，我们俩都成了“社会活动家”，甚至“国际活动家”，都成了奔走于国内外的开会的“英雄”。我是一个性格内向的人，最怕同别人打交道。我看，冯先生同我也是“伯仲之间见伊吕”，他根本不是一个交际家。如果他真正乐此不疲的话，他就不会套用李后主的词来说“怪话”。这一点是用不着怀疑的。

开会之所以多，就是因为解放后集会结社，名目繁多。什么这学会，那协会，这理事会，那委员会，这人民代表大会、那政治协商会议，种种称号，不一而足。冯先生和我既然都是“社会活动家”，那就必须“活动”。又因为我们两个的行当有点儿接近，在社会上所处的地位，又有点儿相似，因此就经常“活动”到一起来了。我有时候胡思乱想：冯先生和我如果不是“社会活动家”的话，我们见面的机会就会减少百分之八九十，我们的友谊就会向另外一个方向发展了。仅仅为了这一点，我也要感谢“会多”。

我们俩共同参加的会，无法一一列举，仅举其荦荦大者，就有《世界文学》编委会、中国作家协会、全国人民代表大会、国务院学位委员会、《中国大百科全书·外国文学卷》编委会、中国外国文学研究会、中国社会科学院文学研究所学术委员会、外国文学研究所学术委员会等等。我们的友谊就贯穿在这些五花八门的会中，我的回忆也贯串在这些五花八门的会中。

我不能忘记那奇妙的莫干山。有一年,《中国大百科全书·外国文学卷》编委会在这里召开。冯先生是这一卷的主编,我是副主编,我们俩都参加了。莫干山以竹名,声震神州。我这个向来不作诗的“非诗人”,忽然得到了灵感,居然写了四句所谓“诗”:“莫干竹世界,遍山绿琅玕。仰观添个个,俯视惟团团。”可见竹子给我的印象之深。在紧张地审稿之余,我同冯先生有时候也到山上去走走。白天踏着浓密的竹影,月夜走到仿佛能摸出绿色的幽篁里;有时候在细雨中,有时候在夕阳下。我们随意谈着话,有的与审稿有关,有的是上天下地,无所不谈。

这一段回忆是美妙绝伦的,终生难忘。

我不能忘记那令人发思古之幽情的西安丈八沟国宾馆。西安是中国古代几个朝代的都会,到了唐代,西安简直成了全世界的文化、政治和经济的中心,大量的外国人住在那里。唐代诗歌又是中国文学史上的一个黄金时期的产品。今天到了西安,只要稍一留意,就会发现到处都是唐诗的遗迹。谁到了灞桥,到了渭水,到了那一些什么“原”,不会立刻就联想到唐代许多脍炙人口的诗句呢?西安简直是一座诗歌的城市,一座历史传说的城市,一座立即让人发思古之幽情的城市。丈八沟这地方,杜甫诗中曾提到过。冯至先生本人是诗人,又是研究杜甫诗歌的专家。他到了西安,特别是到了丈八沟,大概体会和感受应该比别人更多吧。我们这一次是来参加中国外国文学研究会的年会的，工作也是颇为紧张的。但是，同在莫干山一样，在紧张之余，我们也间或在这秀丽幽静的宾馆里散一散步。这里也有茂林修竹，荷塘小溪。林中，池畔，修竹下，繁花旁，留下了我们的足迹。

这一段回忆是美妙绝伦的，终生难忘。

够了，够了。往事如云如烟。像这样不能忘记的回忆，真是太多太多了。像这些不能忘记的地方和事情，也真是太多太多了，多到我的脑袋好像就要爆裂的程度。现在，对我来说，每一段这样的回忆，每一件这样的事情，都仿佛成了一首耐人寻味的抒情诗。

所有抒情诗都是围绕着一个人而展现的，这个人就是冯至先生。

在长达半个多世纪的友谊中，我们虽为朋友，我心中始终把他当老师来看待。借用先师陈寅恪先生的一句诗，就是“风义平生师友间”。经过这样长时间的亲身感受，我发现冯先生是一个非常可爱、非常可亲近的人。他淳朴，诚恳，不会说谎，不会虚伪，不会吹牛，不会拍马，待人以诚，同他相处，使人如坐春风中。我从来没有见他发过脾气。前几天，我到医院去看他的时候，他女儿姚平告诉我说，有时候她爸爸在胸中郁积了一腔悲愤，一腔不悦。女儿说：“你发一发脾气嘛！一发不就舒服了吗？”他苦笑着说：“你叫我怎样学会发脾气呢？”

冯至先生就是这样一个平凡而又奇特，这样一个貌似平凡实为不平凡的人。

古人说：“人生得一知己，足矣。”我生性内向，懒于应对进退，怯于待人接物。但是，在八十多年的生命中，也有几个知己。我个人认为，冯至先生就是其中之一。在漫长的开会历程中，有多次我们住在一间屋中。我们几乎是无话不谈，对时事，对人物，对社会风习，对艺坛奇闻，我们的意见完全一致，几乎没有丝毫分歧。我们谈话，从来用不着设防。我们直抒胸臆，尽兴而谈。自以为人生幸福，莫大于此。我们的友谊之所以历久不衰，而且与时俱增，原因当然就在这里。

两年前，我的朋友和学生一定要为我庆祝八十诞辰，我提出了一个条件：凡是年长于我的师友，一律不通知，不邀请。冯先生当然是在这范围以内的。然而，到了开会的那一天，大会就要开始时，冯先生却以耄耋之年，跋涉长途，从东郊来到西郊，来向我表示祝贺。我坐在主席台上，瞥见他由人搀扶着走进会场，我一时目瞪口呆，万感交集，我连忙跳下台阶，双手扶他上来。他讲了许多鼓励的话，优美得像一首抒情诗。全场四五百人掌声雷动，可见他的话拨动了听众的心弦。此情此景，我终生难忘。那一次会上，还来了许多年长于我或少幼于我的老朋友，比如吴组缃（他是坐着轮椅赶来的）、许国璋等等，情谊深重，连同所有到会的友人，包括我家乡聊城和临清的旧友新知，我都终生难忘。我是一个拙于表达但在内心深处极重感情的人。我所有的朋友对我这样情深意厚的表示，在我这貌似花样繁多而实单调、貌似顺畅而实坎坷的生命上，涂上了一层富有生机、富于情谊的色彩，我哪里能够忘记呢？

近几年来，我运交华盖，连遭家属和好友的丧事。人到老年，旧戚老友，宛如三秋树叶，删繁就简，是自然的事。但是，就我个人来说，几年之内，连遭大故，造物主——如果真有的话——不也太残酷了吗？我哭过我们全家敬爱的老祖，我哭过我的亲生骨肉婉如，我哭过从清华大学就开始成为朋友的乔木。我哪里会想到，现在又轮到我来哭冯至先生！“白发人哭黑发人”固然是人生至痛，但“白发人哭白发人”不也是同样的惨痛吗？我觉得，人们的眼泪不可能像江上之清风与山间之明月，取之不尽用之不竭。几年下来，我的泪库已经干涸了，再没有眼泪供我提取了。

然而，事实上却不是这样，完全不是这样。前几天，在医院里，我见了冯先生最后一面。他虽然还活着。然而已经不能睁眼，不能说话。我顿感，毕生知己又弱一个。我坐在会客室里，泪如泉涌，我准备放声一哭。他的女儿姚平连声说：“季伯伯！你不要难过！”我调动起自己所有剩余的理智力量，硬是把痛哭压了下去。脸上还装出笑容，甚至在泪光中做出笑脸。

只有我一个人知道：我的泪都流到肚子里去了。为了冯至先生，我愿意把自己泪库中的泪一次提光，使它成为我一生中最后的一次痛哭。

呜呼！今生已矣。如果真有一个来生，那会有多么好。

1993年2月24日

晚节善终大节不亏
——悼念冯芝生（友兰）先生

芝生先生离开我们，走了。对我来说，这噩耗既在意内，又出意外。约莫三四个月以前，我曾到医院去看过他，实际上含有诀别的意味。但是，过了不久，他又奇迹般地出了院。后来又听说，他又住了进去。以九十五周岁的高龄，对医院这样几出几进，最后永远离开了医院，也离开了我们。难道说这还不是意内之事吗?

可是芝生先生对自己的长寿是充满了信心的。他在八十八岁自寿联中写道：

何止于米？相期以茶。

胸怀四化，寄意三松。

米寿指八十八岁，茶寿指一百零八岁。他活到九十五岁，离茶寿还有十三年，当然不会满足的。去年，中国文化书院准备为他庆祝九十五岁诞辰，并举办国际学术讨论会。他坚持要到今年九十五周岁时举办。可见他信心之坚。他这种信心也感染了我们，我们都相信他会创造奇迹的。今年的庆典已经安排妥帖，国内外请柬都已发出，再过一个礼拜，就要举行了。可惜他偏在此时离开了我们，使庆祝改为悼念。不说这是意外又是什么呢？

在芝生先生弟子一辈的人中，我可能是接触到冯友兰这个名字最早的人。1926 年，我在济南一所高中读书，这是一所文科高中。课程中除了中外语文、历史、地理、心理、伦理及《诗经》《书经》等以外，还有一门人生哲学，用的课本就是芝生先生的《人生哲学》。我当时只有十五岁，既不懂人生，也不懂哲学。但是对这一门课的内容，颇感兴趣。从此芝生先生的名字，就深深地印在我的心中。我认为，他是一个高不可攀的大人物。屈指算来，现在已有六十四年了。

后来，我考进了清华大学，入西洋文学系。芝生先生是文学院院长。当时清华大学规定，文科学生必须选一门理科的课，逻辑学可以代替。我本来有可能选芝生先生的课，临时改变主意，选了金岳霖先生的课。因此我一生没有上过芝生先生的课。在大学期间，同他根本没有来往，只是偶尔听他的报告或者讲话而已。

时过境迁，我大学毕业后，当了一年高中国文教员，到欧洲去飘泊了将近十一年。抗日战争后，回到了祖国。由于陈寅恪先生的介绍，到北大来工作。这时芝生先生从大后方复员回到北平，仍然在清华任教。我们没有接触的机会，只是偶尔从别人口中得知芝生先生在西南联大时的情况，也有过一些议论。这在当时是难以避免的。至于真相究竟如何，谁也不去探究了。

不久就迎来了解放。据我的推测，芝生先生本来有资格到台湾去的。然而他留下没走，同我们共同度过了一段既感到光明，又感到幸福的时刻。至于他是怎样想的，我完全不知道。不管怎样，他的朋友和弟子们从此对他有了新的认识，这却是事实。他曾给毛泽东同志写过一封信，毛主席回复了一封比较长的信。不久，我国政府组成了一个文化代表团，应邀赴印度和缅甸访问。这是新中国成立后第一个比较大型的出访代表团，团员中颇有一些声誉卓著、有代表性的学者、文学家和艺术家。丁西林任团长，郑振铎、陈翰笙、钱伟长、吴作人、常书鸿、张骏祥、周小燕，以及芝生先生都是团员，我也滥竽其中。秘书长是刘白羽。因为这个团很重要，周总理亲自关心组团的工作，亲自审查出国展览的图片。记得是，1951 年整个夏天，我们都在做准备工作，最费事的是画片展览。我们到处拍摄、搜集能反映新中国新气象的图片，最后汇总在故宫里面的一个大殿里，满满的一屋子，请周总理最后批准。我们忙忙碌碌，过了一个异常紧张但又兴奋愉快的夏天。

那一年国庆节前，我们到了广州，参加了观礼活动。我们在广州又住了一段时间，将讲稿或其他文件译为英文，做好最后的准备工作。此时，广州解放时间不长，国民党的飞机有时还来骚扰，特务活动也时有所闻。我们出门，都有便衣怀藏手枪的保安人员跟随，暗中加以保护。我们一切都准备好后，便乘车赴香港，换乘轮船，驶往缅甸，开始了对印度和缅甸的长达几个月的长征……

从此以后，我们全团十几个人就马不停蹄，跋山涉水，几乎是一天换一个新地方，宛如走马灯一般。脑海里天天有新印象，眼前时时有新光景，乘船，乘汽车，乘火车，乘飞机，几乎看尽了春、夏、秋、冬四季风光，享尽了印缅人民无法形容的热情的款待。我不能忘记，我们曾在印度洋的海船上，看飞鱼飞跃。晚上在当空的皓月下，面对浩渺蔚蓝的波涛，追怀往事。我不能忘记，我们在印度闻名世界的奇迹泰姬陵上欣赏“琼楼玉宇高处不胜寒”的奇景。我不能忘记，我们在亚洲大陆最南端科摩林海角沐浴大海，晚上共同招待在黑暗中摸黑走八十里路、目的只是想看一看中国代表团的印度青年。我不能忘记，我们在佛祖释迦牟尼打坐成佛的金刚座旁流连瞻谒，我从印度空军飞机驾驶员手中接过几片菩提树叶，而芝生先生则用口袋装了一点儿金刚座上的黄土。我不能忘记，我们在金碧辉煌的土邦王公的天方夜谭般的宫殿里，共同享受豪华晚餐，自己也仿佛进入了童话世界。我不能忘记，在缅甸茵莱湖上，看缅甸船主独脚划船。我不能忘记，我们在加尔各答开着电风扇，啃着西瓜，度过新年。我不能忘记的事情太多太多了，怎么说也是说不完的。一想起印缅之行，我脑海里就成了万花筒，光怪陆离，五彩缤纷。中间总有芝生先生的影子在，他长须飘胸，道貌岸然。其他团员也都各具特点，令人忆念难忘。这情景，当时已不寻常，何况现在事后追思呢?

根据解放后一些代表团出国访问的经验，在团员与团员之间的关系方面，往往可以看出三个阶段。初次聚在一起时，大家都和和睦睦，客客气气。后来逐渐混熟了，渐渐露出真面目，放言无忌。到了后期，临解散以前，往往又对某一些人心怀不满，胸有芥蒂。这个三段论法，真有点儿厉害，常常真能兑现。

但是，我们的团却不是这个样子。

我们自始至终，都是能和睦相处的。我们团中还产生了一对情侣，后来有情人终成眷属，可见气氛之融洽。在所有的团员和工作人员中，最活跃的是郑振铎先生。他身躯高大魁梧，说话声音洪亮。虽然已经渐入老境，但不失其赤子之心。他同谁都谈得来，也喜欢开个玩笑，而最爱抬杠。团中爱抬杠者，大有人在。代表团成立了一个抬杠协会，简称“杠协”。大家想选一个会长，领袖群伦。最后觉得郑先生喜抬杠，而不自知其为抬杠，已经达到抬杠圣境，圆融无碍。大家一致推选他为杠协会长，在他领导之下，团中杠业发达，皆大欢喜。

郑先生同芝生先生年龄相若，而风格迥异，芝生先生看上去很威严，说话有点儿口吃。但有时也说点儿笑话，足证他是一个懂得幽默的人。郑先生开玩笑的对象往往就是芝生先生。他经常喊芝生先生为“大胡子”，不时说些开玩笑的话。有一次，理发师正给芝生先生刮脸，郑先生站在旁边起哄，连声对理发师高呼：“把他的络腮胡子刮掉！”理发师不知所措，一失手，真把胡子刮掉一块。这时候，郑先生大笑，旁边的人也陪着哄笑。然而芝生先生只是微微一笑，神色不变，可见先生的大度包容的气概。《世说新语》载：“王子猷、子敬曾俱坐一室，上忽发火。子猷遽走避，不惶取屐。子敬神色恬然，徐唤左右，扶凭而出，不异平常。世以此定二王神宇。”芝生先生的神宇有点儿近似子敬。

上面举的只是一件微末小事。但是由小可以见大。总之，我们的代表团就是在这种熟悉而不亵渎、亲切而互相尊重的气氛中，共同生活了半年。我得以认识芝生先生，也是在这一段时期内的事。屈指算来，到现在也近四十年了。

对于芝生先生的专门研究领域——中国哲学史，我几乎完全是一个门外汉，不敢胡言乱语。但是他治中国哲学史的那种坚韧不拔的精神，我却是能体会到的，而且是十分敬佩的。为了这一门学问，他不知遭受了多少批判。他提倡的道德抽象继承论，也同样受到严厉的诡辩式的批判。但是，他能同时在几条战线上应战，并没有被压垮。他坚持真理，修正错误，不惜以今日之我非昨日之我，经常在修订他的《中国哲学史》，我说不清已经修订过多少次了。我相信，倘若能活到一百零八岁，他仍然是要继续修订的。只是这一点精神，难道还不值得我们认真学习吗？

芝生先生走过了九十五年的漫长的人生道路，九十五岁几乎等于一个世纪。自从公元建立后，至今还不到二十个世纪。芝生先生活了公元的二十分之一，时间够长的了。他一生经历了清代、民国、洪宪、军阀混战、国民党统治、抗日战争，一直迎来了解放。道路并不总是平坦的，有阳关大道，也有独木小桥，曲曲折折，坎坎坷坷。然而芝生先生以他那奇特的乐观精神和适应能力，不断追求真理，追求光明，忠诚于自己的学术事业，热爱祖国，热爱祖国的传统文化，终于走完了人生长途，仰不愧于天，俯不怍于地。我们可以说他是晚节善终，大节不亏。他走了一条中国老知识分子应该走的道路。在他身上，我们是可以学习到很多东西的。

芝生先生！你完成了人生的义务，掷笔去逝，把无限的怀思留给了我们。

芝生先生！你度过漫长疲劳的一生，现在是应该休息的时候了。你永远休息吧！

1990年12月3日

我眼中的张中行

接到韩小蕙小姐的约稿信，命我说说张中行先生与沙滩北大红楼。这个题目出得正是时候。好久以来，我就想写有关中行先生的文章了。只是因循未果。小蕙好像未卜先知，下了这一阵及时雨，滋润了我的心，我心花怒放，灵感在我心中躁动。我又焉得不感恩图报，欣然接受呢？

中行先生是高人、逸人、至人、超人。淡泊宁静，不慕荣利，淳朴无华，待人以诚。以八十七岁的高龄，每周还到工作单位去上几天班。难怪英文版《中国日报》发表了一篇长文，颂赞中行先生。通过英文这个实为世界语的媒介，他已扬名寰宇了。我认为，他代表了中国知识分子，特别是老年知识分子的风貌，为我们扬了眉，吐了气。我们知识分子都应该感谢他。

但是，现在回想起来，却不能不承认这是一件怪事：我与中行先生同居北京大学朗润园二三十年，直到他离开这里迁入新居以前的几年，我们才认识，这个“认识”指的是见面认识，他的文章我早就认识了。有很长一段时间，亡友蔡超尘先生时不时地到燕园来看我。我们是济南高中同学，很谈得来。每次我留他吃饭，他总说，到一位朋友家去吃，他就住在附近。现在推测起来，这“一位朋友”恐怕就是中行先生，他们俩是同事。愧我钝根，未能早慧。不然的话，我早个十年八年认识了中行先生，不是能更早一些多得一些潜移默化的享受，早得一些多得一些智慧，撬开我的愚钝吗？佛家讲因缘，因缘这东西是任何人任何事物都无法抗御的。我没有什么话好说。

但是，也是由于因缘和合，不知道是怎样一来，我认识了中行先生。早晨起来，在门前湖边散步时，有时会碰上他。我们俩有时候只是抱拳一揖，算是打招呼，这是“土法”。还有“土法”是“见了兄弟媳妇叫嫂子，无话说三声”，说一声“吃饭了吗”，这就等于舶来品“早安”。我常想，中国作为礼仪之邦，竟然缺少几句见面问安的话，像西洋的“早安”“午安”“晚安”等等。我们好像挨饿挨了一千年，见面问候，先问“吃了没有”。我同中行先生还没有饥饿到这个程度，所以不关心对方是否吃了饭，只是抱拳一揖，然后各行其路。

有时候，我们站下来谈一谈。我们不说：“今天天气……哈，哈，哈！”我们谈一点儿学术界的情况，谈一谈读了什么有趣的书。有一次，我把他请进我的书房，送了他一本《陈寅恪诗集》。不料他竟然说我题写的书名字写得好。我是颇有自知之明的，我的“书法”是无法见人的。只在迫不得已时，才泡开毛笔，一阵涂鸦。现在受到了他的赞誉，不禁脸红。他有时也敲门，把自己的著作亲手递给我。这是我最高兴的时候。有一次，好像就是去年春夏之交，我们早晨散步，走到一起了，就站在小土山下，荷塘边上，谈了相当长的时间。此时，垂柳浓绿，微风乍起，鸟语花香，四周寂静。谈话的内容已经记不清楚。但是此情此景，时时如在眼前，亦人生一乐也。可惜在大约半年以前，他乔迁新居。对他来说，也许是件喜事。但是，对我来说，却是无限惆怅。朗润园辉煌如故，青松翠柳，“依然烟笼一里堤”。北大文星依然荟萃，我却觉得人去园空。每天早晨，独缺一个耄耋却健壮的老人，荷塘为之减色，碧草为之憔悴。“此情可待成追忆，只是当时已惘然”。

中行先生是“老北大”。同他比起来，我虽在燕园已经待了将近半个世纪，却仍然只能算是“新北大”。他在沙滩吃过饭，在红楼念过书。我也在沙滩吃过饭，却是在红楼教过书。一“念”一“教”，一字之差，时间却相差了二十年，于是“新”“老”判然分明了。即使是“新北大”，我在红楼和沙滩毕竟吃住过六年之久，到了今天，又哪能不回忆呢？

至于沙滩的吃和住，当我在1946年深秋回到北平的时候，斗换星移，时异事迁，相隔二十年，早已无复中行先生文中讲的情况了。他讲到的那几个饭铺早已不在。红楼对面有一个小饭铺，极为狭窄，只有四五张桌子。然而老板手艺极高，待客又特别和气。好多北大的教员都到那里去吃饭，我也成了座上常客。马神庙则有两个极小却著名的饭铺，一个叫“菜根香”，只有一味主菜：清炖鸡。然而却是宾客盈门，川流不息，其中颇有些知名人物。我在那里见到过马连良、杜近芳等著名京剧艺术家。路南有一个四川饭铺，门面更小，然而名声更大，我曾看到过外交官的汽车停在门口。顺便说一句：那时北平汽车是极为稀见的，北大只有胡适校长有一辆。这两个饭铺，对我来说是“山川信美非吾土”，价钱较贵。当时通货膨胀骇人听闻，纸币上每天加一个“0”，也还不够。我吃不起，只是偶尔去一次而已。我有时竟坐在红楼前马路旁的长条板凳上，同“引车卖浆者流”挤在一起，一碗豆腐脑，两个火烧，既廉且美，舒畅难言。当时有所谓“教授架子”这个名词，存在决定意识，在抗日战争前的黄金时期，大学教授社会地位高，工资又极为优厚，于是满腹经纶外化而为“架子”。到了我当教授的时候，已经今非昔比，工资一天毛似一天，虽欲摆“架子”，焉可得哉？而我又是天生的“土包子”，虽留洋十余年，而“土”性难改。于是以大学教授之“尊”而竟在光天化日之下，端坐在街头饭摊的长板凳上却又怡然自得，旁人谓之斯文扫地，我则称之源于天性。是是非非，由别人去钻研讨论吧。

中行先生至今虽已到了望九之年，他上班的地方仍距红楼沙滩不远，可谓与之终生有缘了。因此，在他的生花妙笔下，其实并不怎样美妙的红楼沙滩，却仿佛活了起来，有了形貌，有了感情，能说话，会微笑。中行先生怀着浓烈的“思古之幽情”，信笔写来，娓娓动听。他笔下那一些当年学术界的风云人物，虽墓木久拱，却又起死回生，出入红楼，形象历历如在眼前。我也住沙滩红楼颇久。一旦读到中行先生妙文，也引起了我的“思古之幽情”。我的拙文，不敢望中行先生项背，但倘能借他的光，有人读上一读，则于愿足矣。

中行先生的文章，我不敢说全部读过，但是读的确也不少。这几篇谈红楼沙滩的文章，信笔写来，舒卷自如，宛如行云流水，毫无斧凿痕迹，而情趣盎然，间有幽默，令人会心一笑。读这样的文章，简直是一种享受。他文中谈到的老北大的几种传统，我基本上都是赞同的。特别是其中的容忍，更合吾意。蔡孑民先生的“兼容并包”，到了今天，有人颇有微词。夷考其实，中外历史都证明了，哪一个国家能兼容并包，哪一个时代能兼容并包，那里和那时文化学术就昌盛，经济就发展。反之，如闭关锁国，独断专行，则文化就僵化，经济就衰颓。历史事实和教训是无法抗御的。文中讲到外面的人可以随时随意来校旁听，这是传播文化的最好的办法。可惜到了今天，北大之门固若金汤。门外的人如想来旁听，必须得到许多批准，可能还要交点儿束脩。对某些人来说，北大宛若蓬莱三山，可望而不可即了。对北大，对我们社会，这样做究竟是一件好事，还是一件坏事，请读者诸君自己来下结论吧！我不敢越俎代庖了。

中行先生的文章是极富有特色的。他行文节奏短促，思想跳跃迅速；气韵生动，天趣盎然；文从字顺，但绝不板滞，有时宛如大珠小珠落玉盘，仿佛能听到节奏的声音。中行先生学富五车，腹笥丰盈。他负暄闲坐，冷眼静观大千世界的众生相，谈禅论佛，评儒论道，信手拈来，皆成文章。这个境界对别人来说是颇难达到的。我常常想，在现代作家中，人们读他们的文章，只须读上几段而能认出作者是谁的人，极为稀见。在我眼中，也不过几个人。鲁迅是一个，沈从文是一个，中行先生也是其中之一。

在许多评论家眼中，中行先生的作品被列入“学者散文”中。这个名称妥当与否，姑置不论。光说“学者”，就有多种多样。用最简单的分法，可以分为“真”“伪”二类。现在商品有假冒伪劣，学界我看也差不多。确有真学者，这种人往往是默默耕耘，晦迹韬光，与世无忤，不事张扬。但他们并不效法中国古代的禅宗，主张“不立文字”，他们也写文章。顺便说上一句，主张“不立文字”的禅宗，后来也大立而特立。可见不管你怎样说，文字还是非立不行的。中行先生也写文章，他属于真学者这一个范畴。与之对立的当然就是伪学者。这种人会抢镜头，爱讲排场，不管耕耘，专事张扬。他们当然会写文章的。可惜他们的文章晦涩难懂，不知所云。有的则塞满了后现代主义的词语，同样是不知所云。我看，实际上都是以艰深文浅陋，以“摩登”文浅陋。称这样的学者为“伪学者”，恐怕是不算过分吧。他们的文章我不敢读，不愿读，读也读不懂。

读者可千万不要推断，我一概反对“学者散文”。对于散文，我有自己的偏见：散文应以抒情叙事为正宗。我既然自称“偏见”，可见我不想强加于人。学者散文，古已有之。即以传世数百年的《古文观止》而论，其中有不少可以归入“学者散文”这一类的文章。最古的不必说了，专以唐宋而论，唐代韩愈的《原道》《师说》《进学解》等篇都是“学者散文”，柳宗元的《桐叶封弟辨》也可以归入此类。宋代苏轼的《范增论》《留侯论》《贾谊论》《晁错论》等，都是上乘的“学者散文”。我认为，上面所举的这些篇“学者散文”，有一个共同的特点，就是文采斐然，换句话说，也就是艺术性强。我又有一个偏见：凡没有艺术性的文章，不能算是文学作品。

拿这个标准来衡量中行先生的文章，称之为“学者散文”，它是绝不含糊的，它是完全够格的。它融会思想性与艺术性，融会到天衣无缝的水平。在当今“学者散文”中堪称独树一帜，可为我们的文坛和学坛增光添彩。

1995 年 8 月

回忆陈寅恪先生

别人奇怪，我自己也奇怪：我写了这样多的回忆师友的文章，独独遗漏了陈寅恪先生。这究竟是为什么呢？对我来说，这是事出有因，查亦有据的。我一直到今天还经常读陈先生的文章，而且协助出版社出先生的全集。我当然会时时想到寅恪先生的。我是一个颇为喜欢舞笔弄墨的人，想写一篇回忆文章，自是意中事。但是，我对先生的回忆，我认为是异常珍贵的，超乎寻常的神圣的。我希望自己的文章不要玷污了这一点神圣性，故而迟迟不敢下笔。到了今天，北大出版社要出版我的《怀旧集》，已经到了非写不可的时候了。

要论我同寅恪先生的关系，应该从六十五年前的清华大学算起。我于1930年考入国立清华大学，入西洋文学系（不知道从什么时候起改名为外国语文系）。西洋文学系有一套完整的教学计划，必修课规定得有条有理，完完整整。但是给选修课留下的时间却是很富裕的。除了选修课以外，还可以旁听或者偷听。教师不以为忤，学生各得其乐。我曾旁听过朱自清、俞平伯、郑振铎等先生的课，都安然无恙，而且因此同郑振铎先生建立了终生的友谊，但也并不是一切都一帆风顺。我同一群学生去旁听冰心先生的课。她当时极年轻，而名满天下。我们是慕名而去的。冰心先生满脸庄严，不苟言笑，看到课堂上挤了这么多学生，知道其中有“诈”，于是威仪俨然地下了“逐客令”：“凡非选修此课者，下一堂不许再来！”我们悚然而听，憬然而退，从此不敢再进她讲课的教室。四十多年以后，我同冰心重逢，她已经变成了一个慈祥和蔼的老人，由怒目金刚一变而为慈眉菩萨。我向她谈起她当年“逐客”的事情，她已经完全忘记，我们相视而笑，有会于心。

就在这个时候，我旁听了寅恪先生的“佛经翻译文学”。参考书用的是《六祖坛经》，我曾到城里一个大庙里去买过此书。寅恪师讲课，同他写文章一样，先把必要的材料写在黑板上，然后再根据材料进行解释、考证、分析、综合，对地名和人名更是特别注意。他的分析细入毫发，如剥蕉叶，愈剥愈细愈剥愈深，然而一本实事求是的精神，不武断，不夸大，不歪曲，不断章取义，他仿佛引导我们走在山阴道上，盘旋曲折，山重水复，柳暗花明，最终豁然开朗，把我们引上阳关大道。读他的文章，听他的课，简直是一种无法比拟的享受。在中外众多学者中，能给我这种享受的，国外只有亨利希·吕德斯（Heinrich Lü ders），在国内只有陈师一人。他被海内外学人公推为考证大师，是完全应该的。这种学风，同后来滋害流毒的“以论代史”的学风，相差不可以道里计。然而，茫茫士林，难得解人，一些鼓其如簧之舌惑学人的所谓“学者”，骄纵跋扈，不禁令人浩叹矣。寅恪师这种学风，影响了我的一生。后来到德国，读了吕德斯教授的书，并且受到了他的嫡传弟子瓦尔德施密特（Waldschmidt）教授的教导和熏陶，可谓三生有幸，可惜自己的学殖瘠茫，又限于天赋，虽还不能说无所收获，然而犹如细流比沧海，空怀仰止之心，徒增效颦之恨。这只怪我自己，怪不得别人。

总之，我在清华四年，读完了西洋文学系所有的必修课程，得到了一个学士头衔，现在回想起来，说一句不客气的话：我从这些课程中收获不大。欧洲著名的作家，什么莎士比亚、歌德、塞万提斯、莫里哀、但丁等的著作都读过，连现在忽然时髦起来的《尤利西斯》和《追忆似水年华》等也都读过。然而大都是浮光掠影，并不深入。给我留下深远影响的课反而是一门旁听课和一门选修课。前者就是寅恪师的“佛经翻译文学”；后者是朱光潜先生的“文艺心理学”，也就是美学。在清华时，除了上课以外，同陈师的接触并不太多。有时候，在校内林荫道上，在熙往攘来的学生人流中，会见到陈师去上课。身着长袍，朴素无华，肘下夹着一个布包，里面装满了讲课时用的书籍和资料。不认识他的人，恐怕大都把他看成是琉璃厂某一个书店到清华来送书的老板，绝不会知道，他就是名扬海内外的大学者。他同当时清华留洋归来的大多数西装革履、发光鉴人的教授，迥乎不同。在这一方面，他给我留下了毕生难忘的印象，令我受益无穷。

离开了水木清华，我同寅恪先生有一个长期的别离。我在济南教了一年国文，然后就到了德国哥廷根大学。到了这里，我才开始学习梵文、巴利文和吐火罗文。在我一生治学的道路上，这是一个极关重要的转折点。我从此告别了歌德和莎士比亚，同释迦牟尼和弥勒佛打起交道来。不用说，这个转变来自寅恪先生的影响。真是无巧不成书，我的德国老师瓦尔德施密特教授同寅恪先生在柏林大学是同学，同为吕德斯教授的学生。这样一来，我的中德两位老师同出一个老师的门下。有人说："名师出高徒。"我的老师和太老师们不可谓不"名"矣，可我这个徒却太不"高"了。忝列门墙，言之汗颜。但不管怎样说，这总算是一个中德学坛上的佳话吧。

我在哥廷根十年，正值"二战"，是我一生精神上最痛苦然而在学术上收获却最丰富的十年。国家被外寇侵入，家人数年无消息，上有飞机轰炸，下无食品果腹。然而读书却无任何干扰。教授和学生多被征从军。偌大的两个研究所——印度学研究所和汉学研究所，都归我一个人掌管。插架数万册珍贵图书，任我翻阅。在汉学研究所深深的院落里，高大阴沉的书库中，在梵学研究所古老的研究室中，阒无一人。天上飞机的嗡嗡声与我腹中的饥肠辘辘声相应和。闭目则浮想联翩，神驰万里，看到我的国，看到我的家。张目则梵典在前，有许多疑难问题，需要我来发覆。我此时恍如遗世独立，苦欤？乐欤？我自己也回答不上来了。

经过了轰炸的炼狱，又经过了饥饿，到了1945年，在我来到哥廷根十年之后，我终于盼来了光明，法西斯垮台了。哥廷根先是被美国兵攻占，后被英国人接管。此时，我得知寅恪先生在英国医目疾。我连忙写了一封长信，向他汇报我十年来学习的情况，并将自己在哥廷根科学院院刊及其他刊物上发表的一些论文寄呈。出乎我意料的迅速，我得了先生的复信，也是一封长信，告诉我他的近况，并说不久将回国。信中最重要的事情是说，他想向北大校长胡适、代校长傅斯年、文学院院长汤用彤几位先生介绍我到北大任教。我真是喜出望外，谁听到能到最高学府去任教而会不引以为荣呢？我于是立即回信，表示同意和感谢。

这一年深秋，我终于告别了住了整整十年的哥廷根，怀着"客树回看成故乡"的心情，一步三回首地到了瑞士。在这个山明水秀的世界公园里住了几个月。1946年春天，经过法国和越南的西贡，又经过香港，回到了上海。在克家的榻榻米上住了一段时间。从上海到了南京，又睡到了长之的办公桌上。这时候，寅恪先生也已从英国回到了南京。我曾谒见先生于俞大维官邸中，谈了谈阔别十多年以来的详细情况。先生十分高兴，叮嘱我到鸡鸣寺下中央研究院去拜见北大代校长傅斯年先生，特别嘱咐我带上我用德文写的论文，可见先生对我爱护之深以及用心之细。

这一年的深秋，我从南京回到上海，乘轮船到了秦皇岛，又从秦皇岛乘火车回到了阔别十二年的北京（当时叫北平）。由于战争关系，津浦路早已不通，回北京只能走海路，从那里到北京的铁路由美国少爷兵把守，所以还能通车。到了北京以后，一片“落叶满长安”的悲凉气象。我先在沙滩红楼暂住，随即拜见汤用彤先生。按北大当时的规定，从海外得到了博士学位回国的人，只能任副教授，在清华叫作专任讲师，经过几年的时间，才能转为正教授。我当然不能例外，而且心悦诚服，没有半点儿非分之想。然而过了大约一周的光景，汤先生告诉我，我已被聘为正教授，兼东方语言文学系的系主任。这真是石破天惊，大大地出乎我的意料。我这个当一周副教授的纪录，大概也可以进入吉尼斯世界纪录了吧。由此也可以看出老一辈学者对后辈的提携和爱护。说自己不高兴，那是谎言，那是矫情。

不记得是在什么时候，寅恪师也来到北京，仍然住在清华园。我立即到清华去拜见。当时从北京城到清华是要费一些周折的，宛如一次短途旅行。沿途几十里路全是农田。秋天青纱帐起，还真有绿林人士拦路抢劫的。现在的年轻人很难想象了。但是，有寅恪先生在，我绝不会惮于这样的旅行。在三年之内，我颇到清华园去过多次。我知道先生年老体弱，最喜欢当年住北京的天主教外国神甫亲手酿造的栅栏红葡萄酒。我曾到今天市委党校所在地当年神甫们的静修院的地下室中去买过几次栅栏红葡萄酒，又长途跋涉送到清华园，送到先生手中，心里颇觉安慰。几瓶酒在现在不算什么，但是在当时通货膨胀已经达到了钞票上每天加一个“0”还跟不上物价飞速提高的速度的情况下，几瓶酒已非同小可了。

有一年的春天，中山公园的藤萝开满了紫色的花朵，累累垂垂，紫气弥漫，招来了众多的游人和蜜蜂。我们一群弟子们，记得有周一良、王永兴、汪篯等，知道先生爱花。现在虽患目疾，迹近失明，但据先生自己说，有些东西还能影影绰绰看到一团影子。大片藤萝花的紫光，先生或还能看到，而且在那种兵荒马乱、物价飞涨、人命微浅、朝不虑夕的情况下，我们想请先生散一散心，征询先生的意见，他怡然应允。我们真是大喜过望，在来今雨轩藤萝深处，找到一个茶桌，侍先生观赏紫藤。先生显然兴致极高。我们谈笑风生，尽欢而散。我想，这也许是先生在那样的年头里最愉快的时刻。

还有一件事，也给我留下了毕生难忘的回忆。在解放前夕，政府经济实已完全崩溃。从法币改为银元券，又从银元券改为金元券，越改越乱，到了后来，到粮店买几斤粮食，携带的这币那券的重量有时要超过粮食本身。学术界的泰斗、德高望重、被著名的史学家郑天挺先生称之为“教授的教授”的陈寅恪先生也不能例外。到了冬天，他连买煤取暖的钱都没有，我把这情况告诉了已经回国的北大校长胡适之先生。胡先生最尊重、最爱护确有成就的知识分子。当年他介绍王静庵先生到清华国学研究院去任教，一时传为佳话。寅恪先生在《王观堂先生挽词》中有几句诗：“鲁连黄鹞绩溪胡，独为神州惜大儒。学院遂闻传绝业，园林差喜适幽居”，讲的就是这一件事。现在却轮到适之先生再一次“独为神州惜大儒”了，而这个“大儒”不是别人，竟是寅恪先生本人。适之先生想赠寅恪先生一笔数目颇大的美元，但是，寅恪先生却拒不接受。最后寅恪先生决定用卖掉藏书的办法来取得适之先生的美元，于是适之先生就派他自己的汽车——顺便说一句，当时北京汽车极为罕见，北大只有校长的一辆——让我到清华陈先生家装了一车关于佛教和中亚古代语言的极为珍贵的西文书。陈先生只收两千美元。这个数目在当时虽不算少，然而同书比起来，还是微不足道的。在这一批书中，仅一部《圣彼得堡梵德大词典》市价就远远超过这个数目了。这一批书实际上带有捐赠的性质。而寅恪师对于金钱一介不取的狷介性格，由此也可见一斑了。

在这三年内，我同寅恪师往来颇频繁。我写了一篇论文《浮屠与佛》，首先读给他听，想听听他的批评意见。不料竟得到他的赞赏。他把此文介绍给《中央研究院历史语言研究所集刊》发表。这个刊物在当时是最具权威性的刊物，简直有点儿“一登龙门，则声誉十倍”的威风。我自然感到受宠若惊。差幸我的结论并没有瞎说八道，几十年以后，我又写了一篇《再谈浮屠与佛》，用大量的新材料重申前说，颇得到学界同行们的赞许。

在我同先生来往的几年中，我们当然会谈到很多话题。谈治学时最多，政治也并非不谈，但极少。寅恪先生绝不是一个“闭门只读圣贤书”的书呆子。他继承了中国“士”的优良传统：天下兴亡，匹夫有责。从他的著作中也可以看出，他非常关心政治。他研究隋唐史，表面上似乎是满篇考证，骨子里谈的都是成败兴衰的政治问题，可惜难得解人。我们谈到当代学术，他对每一个学者都有自己的看法。但是，除了对一位明史专家外，他没有对任何人说贬低的话。对青年学人，只谈优点，一片爱护青年学者的热忱。真令人肃然起敬。就连那一位由于误会而对他专门攻击，甚至说些难听话的学者，陈师也从来没有说过半句褒贬的话。先生的盛德由此可见。鲁迅先生从来不攻击年轻人，差堪媲美。

时光如电，人事沧桑，转眼就到了 1948 年年底。解放军把北京城团团包围住，胡适校长从南京派来了专机，想接几个教授到南京去，有一个名单。名单上有名的人，大多数都没有走，陈寅恪先生走了，这又成了某一些人探讨研究的题目：陈先生是否对共产党有看法？他是否对国民党留恋？根据后来出版的浦江清先生的日记，寅恪先生并不反对共产主义，他反对的仅是苏联牌的共产主义。在当时，这也许是一个怪想法，甚至是一个大逆不道的想法。然而到了今天，真相已大白于天下，难道不应该对先生的睿智表示敬佩吗？至于他对国民党的态度，最明显地表现在他对蒋介石的态度上。1940 年，他在《庚辰暮春重庆夜宴归作》这一首诗中写道："食蛤那知天下事，看花愁近最高楼。"吴宓先生对此诗作注说："寅恪赴渝，出席中央研究院会议，寓俞大维妹丈宅。已而蒋公宴请中央研究院到会诸先生。寅恪于座中初次见蒋公，深觉其人不足为，有负厥职，故有此诗第六句。"按即"看花愁近最高楼"这一句。寅恪师对蒋介石，也可以说是对国民党的态度表达得不能再清楚明白了。然而，几年前，一位台湾学者偏偏寻章摘句，说寅恪先生早有意到台湾去。这真是天下的一大怪事。

到了南京以后，寅恪先生又辗转到了广州，从此就留在了那里。他在台湾有很多亲友，动员他去台湾者，恐怕大有人在，然而他却岿然不为所动。其中详细情况，我不得而知。我们国家许多领导人，包括周恩来、陈毅、陶铸、郭沫若等等，对陈师礼敬备至。他同陶铸和老革命家兼学者的杜国庠，成了私交极深的朋友。在他晚年的诗中，不能说没有欢快之情，然而更多的却是抑郁之感。现在回想起来，他这种抑郁之感能说没有根据吗？能说不是查实有据吗？我们这一批老知识分子，到了今天，都已成了过来人。如果不昧良心说句真话，同陈师比较起来，只能说我们愚钝，我们麻木，此外还有什么话好说呢？

1951 年，我奉命随中国文化代表团访问印度和缅甸。我们在广州停留了相当长的时间，准备将所有的重要发言稿都译为英文。我当然不会放过这个机会，到岭南大学寅恪先生家中去拜谒。相见极欢，陈师母也殷勤招待。陈师此时目疾虽日益严重，但仍能看到眼前白色的东西。有关领导，据说就是陈毅和陶铸，命人在先生楼前草地上铺成了一条白色的路，路旁全是绿草，碧绿与雪白相映照，供先生散步之用。从这件小事中，也可以看到我们国家对陈师尊敬之真诚了。陈师是极富有感情的人，他对此能无所感吗？

我已经到了望九之年，虽然看样子离为自己的生命画句号的时候还会有一段距离，现在还不能就做总结，但是，自己毕竟已经到了日薄西山、人命危浅之际，不想到这一点也是不可能的。我忍受过千辛万苦，现在只觉得身后的路漫长无边，眼前的路却是越来越短，已经是很有限了。我并没有倚老卖老，苟且偷安，然而我却明确地意识到，我成了一个“悲剧”人物。我的悲剧不在于我不想“不用扬鞭自奋蹄”，不想“老骥伏枥，志在千里”，而是在“老骥伏枥，志在万里”。自己现在承担的或者被迫承担的工作，头绪繁多，五花八门，纷纭复杂，有时还矛盾重重，早已远远超过了自己的负荷量，超过了自己的年龄。这里面，有外在原因，但主要是内在原因。清夜扪心自问：自己患了老来疯了吗？你眼前还有一百年的寿命吗？可是，一到了白天，一接触实际，件件事情都想推掉，但是件件事情都推不掉，真仿佛京剧中的一句话：“马行在夹道内，难以回马。”此中滋味，只有自己一人能了解，实不足为外人道也。

在这样的情况下，我有时会情不自禁地回想自己的一生。究竟应该怎样来评价自己的一生呢？我虽遭逢过大大小小的灾难，像“十年浩劫”那样中国人民空前的愚蠢到野蛮到令人无法理解的灾难，然而我仍然觉得自己是幸运的，自己赶上了许多意外的机遇。我只举一个小例子。自从盘古开天地，不知从哪里吹来了一股神风，吹出了知识分子这个特殊的族类。知识分子有很多特点。在经济和物质方面是一个“穷”字，自古已然，于今为烈。在精神方面，是考试多如牛毛。在这里也是自古已然，于今为烈。例子俯拾即是，不必多论。我自己考了一辈子，自小学、中学、大学，一直到留学，月有月考，季有季考，还有什么全国通考，考得一塌糊涂。可是我自己在上百场国内外的考试中，从来没有名落孙山，你能说这不是机遇好吗？

但是，俗话说："一个篱笆三个桩，一个好汉三个帮。"如果没有人帮助，一个人会是一事无成的。我也遇到了极幸运的机遇。生平帮过我的人无虑数百。要我举出人名的话，我首先要举出的，在国外有两个人，一个是我的博士论文导师瓦尔德施密特教授，另一个是教吐火罗语的老师西克教授。在国内的有四个人：一个是冯友兰先生，如果没有他同德国签订德国清华交换研究生的话，我根本到不了德国；一个是胡适之先生；一个是汤用彤先生，如果没有他们的提携的话，我根本来不到北大；最后但不是最少，是陈寅恪先生，如果没有他的影响的话，我不会走上现在走的这一条治学的道路，也同样是来不了北大。至于他为什么不把我介绍给我的母校清华，而介绍给北大，我从来没有问过他，至今恐怕永远也是一个谜，我们不去谈它了。

我不是一个忘恩负义的人。我一向认为，感恩图报是做人的根本准则之一。但是，我对他们四位，以及许许多多帮助过我的师友怎样"报"呢？专就寅恪师而论，我只有努力学习他的著作，努力宣扬他的学术成就，努力帮助出版社把他的全集出全、出好。我深深地感激广州中山大学的校领导和历史系的领导，他们再三举办寅恪先生学术研讨会，包括国外学者在内，群贤毕至。中大还特别创办了陈寅恪纪念馆。所有这一切，我这个寅恪先生的弟子都看在眼中，感在心中，感到很大的慰藉。国内外研究陈寅恪先生的学者日益增多，先生的道德文章必将日益发扬光大，这是毫无问题的。这是我在垂暮之年所能得到的最大的愉快。

然而，我仍然有我个人的思想问题和感情问题。我现在是“后已见来者”，然而却是“前不见古人”，再也不会见到寅恪先生了。我心中感到无限的空漠，这个空漠是无论如何也填充不起来了。掷笔长叹，不禁老泪纵横矣。

1995 年 12 月 1 日

回忆汤用彤先生

自己已经到了望九之年。过去八十多年的忆念，如云如烟，浩渺一片。但在茫茫的烟雾中，却有几处闪光之点，宛如夏夜的晴空，群星上千上万，其中有大星数颗，熠熠闪光，明亮璀璨。无论什么时候回想起来，都晶莹如在眼前。

我对于汤用彤先生的回忆就是最闪光之点。

因为不在一个学校，我没有能成为锡予先生的授业弟子。但是，他的文章我是读过的，他的道德我是听说过的。“高山仰止，景行行止”，他早已是我崇拜的对象。我也崇拜一些别的大师，读其书未见其人者屡见不鲜。但我却独独对锡予先生常有幻象：我想象他是一个瘦削慈祥的老人，有五绺白须，飘拂胸前。对于别的大师，没见过面的大师，我从来没有过这样的幻象，此理我至今不解。但是，我相信，其中必有原因，一种深奥难言的原因。既然“难言”，现在就先不“言”吧。

1945年10月，我离开住了十年的“客树回望成故乡”的哥廷根，挥泪辞别了像老母一般的女房东，到了瑞士，在这山青水绿的世界公园中住了将近半年，然后经法国马赛、越南西贡、英国占领的香港，回到了祖国的上海。路上用了将近四个月。时“二战”中遗留在大洋里的水雷尚未打捞，时时有触雷的危险。载着上千法国兵的英国巨轮的船长，随时都如临深履薄，战战兢兢，终于靠他们那一位上帝的保佑，渡过了险境，安然抵达西贡。从西贡至香港，海上又遇到飓风，一昼夜，小轮未能前进一寸。这个险境也终于渡过了。离开祖国将近十一年的儿子又回到母亲怀抱里来了。临登岸时，我思绪万端，悲喜交集，此情实不足为外人道也。

初到上海，人地生疏，我仿佛变成了瑞普·凡·温克（Rip Van Winkle），满目茫然。幸而臧克家正住在那里，我在他家的榻榻米上睡了十几天。又转到南京，仍然是无家可归，在李长之的办公桌上睡了一个夏天。当时寅恪师已经从英国回国，我曾到他借住的俞大维的官邸中去谒见他。师生别离已经十多年了，各自谈了别后的情况，都有九死一生之感。杜甫诗说：“今夕复何夕？共此灯烛光。”不啻为我当时的心情写照也。寅恪师命我持在德国发表的论文，到鸡鸣寺下中央研究院历史语言研究所去见当时北大代理校长傅斯年先生，时校长胡适尚留美未返。傅告诉我，按照北大的规定，在国外拿了学位回国的人，只能给予副教授的职称。我对此并不在意，能入北大，已如登龙门了，焉敢还有什么痴心妄想？如果真有的话，那不就成了不知天高地厚了吗？

在南京做了一个夏天的“流动人口”，虽然饱赏了台城古柳的清碧，玄武湖旖旎的风光，却也患上了在南京享有盛名的疟疾，颇受了点儿苦头。在那年的秋天，我从上海乘海轮到了秦皇岛，又从秦皇岛乘火车到了北平。锡予先生让阴法鲁先生到车站去迎接我们。时届深秋，白露已降。“凄清弥天地，落叶满长安”（长安街也），我心中说不出是什么滋味，凄凉中有欣慰，悲愁中有兴奋，既忆以往，又盼来者，茫然懵然，住进了几乎是空无一人的红楼。

第二天，少曾（阴法鲁号）陪我到设在北楼的文学院院长办公室去谒见锡予先生，他是文学院院长。这是我景慕多年以后第一次见到先生。把眼前的锡予先生同我心中幻想的锡予先生一对比，当然是不相同的，然而我却更爱眼前的锡予先生。他面容端严慈祥，不苟言笑，却是即之也温，观之也诚，真蔼然仁者也。先生虽留美多年，学贯中西，可是身着灰布长衫，脚踏圆口布鞋，望之似老农老圃，没有半点儿“洋气”，没有丝毫教授架子和大师威风。我心中的幸福之感油然而生，浑身感到一阵温暖。晚上，先生设家宴为我接风，师母也是慈祥有加，更增加了我的幸福之感。当时一介和一玄都还年小，恐怕已经记不得那天的情景了。我从这一天起就成了北大的副教授，开始了我下半生的新生活，心中陶陶然也。

我可绝没有想到，过了一个星期左右，至多不过十天，锡予先生忽然告诉我，我已经被聘为北京大学正教授兼新成立的东方语言文学系系主任，并且还兼任文科研究所的导师。前两者我已经不敢当，后一者人数极少，皆为饱学宿儒，我一个三十多岁的名不见经传的毛头小伙子，竟也滥竽其间，我既感光荣，又感惶恐不安。这是谁的力量呢？我心里最清楚：这都出于锡予先生的垂青与提携，说既感且愧，实不足以表达我的心情。我做副教授任期之短，恐怕是前无古人的，这无疑是北大的新纪录，后来也恐怕没有人打破的。我只能说，这是一种恩情，它对我从那以后一直到今五十多年在北大的工作中，起了而且还在起着激励的作用。

但是，我心中总还有一点儿遗憾之处：我没有能成为锡予先生的授业弟子。往者已矣，来者可追。大概是 1947 年，锡予先生开“魏晋玄学”这一门课，课堂就在我办公室的楼上。这真是天赐良机，我焉能放过！解放前的教授，相对来讲社会地位高，工资收入丰，存在决定意识，这样就“决定”出来了“教授架子”。架子人人皆有，各有巧妙不同，没有架子的也得学着端起一副拒人的架子。我自认是一个上不得台盘的人，有没有架子，我自己不得而知。但是，在锡予先生跟前，宛如小丘之仰望泰岳，架子何从端起！而且听先生讲课，正是我求之不得的。在当时，一位教授听另外一位教授讲课，简直是骇人听闻的事。这些事情我都不想，毅然征得了锡予先生的同意，成了他班上的最忠诚的学生之一，一整年没有缺过一次课，而且每堂课都工整地做听课的笔记，巨细不遗。这一大本笔记，我至今尚保存着，只是“只在此室中，书深不知处”了，有朝一日总会重见天日的。这样一来，我就自认为是锡予先生的私淑弟子，了了一个夙愿。

锡予先生对我的关心是多方面的。他让我从红楼搬到文科研究所的大院子里去住，此地在明朝是令人闻而觳觫的特务机关东厂，是专杀好人折磨好人的地狱，据说当年的水牢还有遗迹保留着。“庭院深深深几许”，我住在最里面一个院子里，里面堆满考古挖掘出土的汉代砖棺，阴气森森，传说是闹鬼的凶宅之一。晚上没有人敢来找我，除非他在门房打听得万分清楚：季羡林确是在家里，才敢迈步走进。我也并非“季大胆”，只是在欧洲十年多，受了“西化”，成了一个“无鬼论”者，所以能处之泰然。夏夜昏黑，我经常在缕缕的马樱花香中，怡然入梦。

当时的北大真正是精兵简政。只有一个校长胡适之先生，还经常不在学校，并没有副校长。一个教务长主管全校的教学科研工作。一个秘书长主管全校的后勤工作。六个学院：

文、理、法、农、工、医，各设院长一人。也没听说有校院长联席会、系主任联席会。专就文学院而论，锡予先生孤身一人，聘人、升职等现在非开上无数次会不可才能解决的问题，那时一次会也不开，锡予先生一个人说了算。大概因为他为人正直，办事公道，从来没有出过什么娄子。我们系里遇到麻烦，我总去找锡予先生，他往往不动声色，就帮我解除了困难。他还帮我在学校图书馆中要了一间教授研究室，所有我要用的书都从书库中提到我的研究室里，又派一位研究生马理女士当我的助手，帮我整理书籍。室内窗明几净，我心旷神怡。我之所以能写出几篇颇有点儿新见解的文章，不能不说是出于锡予先生之赐。我的文章写出来后，首先送给锡予先生，请求指正。他的意见，哪怕是片言只语，对我都是大有帮助的。

就这样，我们共同迎来了1949年北平的解放。在解放军围城期间，南京方面派一架专机，来接几位名单上的著名教授到尚未解放的南京去。锡予先生单上有名，但他却坚决不走，他期望看到新中国。有一段时间，锡予先生被任命为北大校务委员会主席，算是一个“过渡政权”。总之，北大师生共同度过了许多解放后兴奋狂欢的令人难忘的日子。

1952年，我们北大从城里搬到了现在的燕园中来。政府早已任命马寅初先生为北大校长，只有两个副校长，其中一个是党委书记江隆基兼任，实际上主管教学和科研的就是锡予先生一人。马老德高望重，但实际上不大真管事情。还是讲一讲我自己的情况吧。出城以后，我“官”运亨通，财源大开。先是在城里时工资被评为每月 1100 斤小米，解放前夕那种物价一小时一涨，火箭似的上升的可怕日子一去不复返了。后来按级别评定工资，我依稀记得：马老（马寅初）是三级，等于政府的副总理。以下是汤老（汤用彤）、翦老（翦伯赞）、曹老（曹靖华）等，具体级别记不清了。再以下就是我同其他几位老牌和名牌的教授。到了 1956 年，又有一次全国评定教授工资的活动，根据我的回忆，这次活动用的时间较长，工作十分细致，深入谨慎。人事处的一位领导同志，曾几次征求我的意见：中文系教授吴组缃是全国著名的小说家、《红楼梦》研究专家、中国作家协会书记处书记、我的老同学和老朋友，他问我吴能否评为一级教授。我当然觉得很够格。然而最后权衡下来，仍然定为二级，可见此事之难。据我所知，有的省份，全省只有一个一级教授，有的竟连一个也没有，真是一级之难“难于上青天”了。

然而，藐予小子竟然被评为一级，这实在令我诚惶诚恐。后来听说，常在一个餐厅里吃饭的几位教授，出于善意的又介乎可理解与不可理解之间的心理，背后赐给我一个诨名，曰“一级”。只要我一走进食堂，有人就窃窃私语，会心而笑：

“‘一级’来了！”我不怪这些同事，同他们比起来，无论是年龄或学术造诣，我都逊一筹，起个把诨名是应该的。这是由于我的运气好吗？也许是的，但是我知道，背后有一个人在，这个人不是别人，正是锡予先生。

俗话说：“福无双至。”可是1956年，我竟是“福真双至”。“一级”之外，我又被评选为中国科学院哲学社会科学学部委员。这是中国一个读书人至高无上的称号，从人数之少来说，比起封建时代的“金榜题名”来，还要难得多。除了名以外，还有颇为丰厚的津贴，真可谓“名利双收”。至于是否还有人给我再起什么诨号，我不得而知，就是有的话，我也会一笑置之。

总之，在我刚过不惑之年没有几年的时候，还只能算是一个老青年，一个中国读书人所能期望的最高的荣誉和利益，就都已稳稳地拿到手中。我是一个颇有点儿自知之明的人，我知道，我之所以能够做到这一步，与锡予先生不声不响地提携是分不开的。说到我自己的努力，不能说一点儿没有，但那是次要的事。至于机遇，也不能说一点儿没有，但那更是次要之次要，微不足道了。

我真好像是淡泊名利，与人无争，至今还在燕园内外有令人满意的口碑。难道我真就这样好吗？我的道德水准就这样高吗？不，不是的。我虽然不敢把自己归入坏人之列，因为除了替自己考虑外，我还能考虑别人。我绝对反对曹操的哲学：“宁教我负天下人，不教天下人负我。”但我也绝非圣贤，七情六欲，样样都有；私心杂念，一应俱全。可是，既然在名利两个方面，我早已达到了顶峰，我还有什么可争的呢？难道我真想去“九天揽月，五洋捉鳖”吗？我之所以能够获得少许美名，其势然也。如果说我是“浪得名”，也是并不冤枉的。话又说回来，如果没有锡予先生，我能得到这一点点美名吗？

所以，我现在只能这样说，我之所以崇敬锡予先生，忆念锡予先生，除了那一些冠冕堂皇的表面理由以外，还有我内心深处从来没有对别人说过的动机。古人说：“人生得一知己，足矣。”我不敢谬托自己是锡予先生的知己，我只能说锡予先生是我的知己。我平生要感谢的师辈和友辈颇有几位，尽管我对我这一生并不完全满意，但是有了这样的师友，我可以说是不虚此生了。

我自己现在已经是垂暮之年，活得早早超过了我的期望。因为我的父母都只活了四十多岁，因此，我的最高期望是活到五十岁。可是，到今天，超过这个最高期望已经快四十年了。我虽老迈，但还没有昏聩。曹孟德说：“老骥伏枥，志在千里。”我窃不自量力，大有“老骥伏枥，志在万里”之势。在学术研究方面，我还有不少的计划，这些计划是否切合实际，可另作别论，可我确实没有攀登八宝山的计划，这一点是完全可以肯定的。

但愿我回忆中那一点最亮的光点，能够照亮我前进的道路。

1997 年 5 月 28 日